안나의 토성

안나의 토성

초판 1쇄 인쇄 2021년 12월 10일
초판 1쇄 발행 2021년 12월 23일

지은이 마스다 미리
옮긴이 이소담
펴낸이 고미영

책임편집 이은주
편집 고미영 이예은 박기효
디자인 최정윤
마케팅 채진아 유희수 황승현
홍보 김희숙 함유지 이소정 이미희
제작 강신은 김동욱 임현식
제작처 영신사

펴낸곳 (주)이봄
출판등록 2014년 7월 6일 제406-2014-000064호
주소 10881 경기도 파주시 회동길 455-3
전자우편 yibom@yibombook.com
팩스 031-955-8855
문의전화 031-8071-8673(마케팅)
031-955-9981~3(편집)

ISBN 979-11-90582-56-8 03830

springtenten   yibom_publishers

안나의 토성

마스다 미리 소설
이소담 옮김

이봄

차례

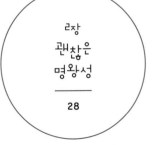

1장
토성 고리가 사라진 날

오빠는 천체 관측을 좋아했다. 초등학생 때부터 '우주'라면 목숨을 걸 정도였다.

가장 가까운 역에서 걸어서 40분(!)이나 걸리는 이 집으로 이사하기로 했을 때, 베란다에 옥상으로 올라가는 계단이 있다는 이유만으로 다다미 네 장 반*짜리 방을 고르고, 동생인 내게 남향에 여섯 장짜리 방을 양보한 사람이 우리 오빠다.

---

* 다다미 두 장을 합치면 약 3.3제곱미터(1평) 크기다.

이사한 그날 밤, 오빠는 옥상에 당장 망원경을 설치했다. 그리고 나를 데리러와서 흥분한 목소리로 말했다.

"안. 달이 정말 잘 보여."

넓은 방을 양보해줘서 고마운 마음에 나는 천체 관측에 함께하기로 했다.

"와, 예쁘다!"

나는 망원경을 들여다보고 최대한 호들갑을 떨며 놀랐다.

약간 높은 언덕 위에 있어서 살기엔 불편한 집이었지만, 덕분에 전망이 좋고 밤하늘을 관측하기에는 딱이었다. 달은 오빠의 옥상을 따사롭게 비추고 있었다.

오빠가 말했다.

"안, 지구의 위성은 달 하나뿐이지만 목성은 위성이 육십 개도 넘어. 목성에서 하늘을 올려다보면 달이 잔뜩 떠 있을 테니까 밤하늘이 정말 신기해 보이겠지."

우주 이야기를 하는 오빠의 목소리는 지금 막 튀겨져 나온 도넛처럼 언제나 폭신하고 경쾌했다.

이사하기 전까지는 계속 주변에 아파트가 없는 주택 단지에서 살았는데, 엄마는 오빠가 중학생이 되자 갑자기 집에서 천체 관측을 하지 말라고 했다. 창문에서 망원경을 불쑥 내

밀면 건너편 아파트를 '훔쳐본다'고 오해를 살 수 있다는 이유로. 아빠는 무슨 말도 안 되는 소리냐며 웃었는데, 엄마의 시퍼런 서슬에 기가 죽어 오빠를 도와주지 못했다.

어린 나는 이해하지 못했지만, 어른의 사정이란 차츰차츰 알게 되는 법이다. 나도 이제 만으로 열네 살이다. 시공간이 다른 곳에서 생기는 여러 사정을 하나로 연결할 수 있을 정도로는 성장했다.

아빠는 플라네타륨*을 좋아해서 오빠와 나를 자주 데리고 가주셨다. 나는 돌아오는 길에 카페에 들러 아이스크림을 먹는 게 좋아서 아빠와 오빠를 따라갔는데, 오빠는 아이스크림이 녹는 줄도 모르고 매번 아빠와 별 이야기를 하느라 정신이 없었다.

그러다가 어느새 오빠는 아빠보다 별에 박식해졌고, 지금은 대학에서 우주를 공부하고 있다.

오빠는 촌스럽다.

우주 이외에는 흥미를 못 느끼니까 옷도 그냥 될 대로 되라는 식으로 입는다.

먹는 것에도 무관심해서 앞에 나온 음식이 뭐가 됐든 날름

---

* 반구형의 천장에 설치된 스크린에 달, 태양, 항성, 행성 따위의 천체를 투영하는 장치를 말한다. 이 작품에서는 장치를 설치한 천체투영관도 '플라네타륨'으로 칭한다.

먹어 치운다.

"안은 왜 그렇게 불평만 하니. 오빠 좀 보렴. 불평 한마디 안 하잖아."

오빠가 그러니까 엄마는 나를 응석받이 취급한다.

엄마는 요리를 좋아하지만 무슨 요리를 만들어도 그냥 그렇다. 아마 삶는 시간을 정확히 지키지 않고 채소를 대충 아무렇게나 썰어서 그런 것 같다.

우리 집보다 할머니 집에서 먹는 된장국이 유독 맛있게 느껴지는 이유는 같은 크기로 가느다랗게 썰어 넣은 파와 관련이 있지 않을까?

엄마가 썬 파는 뿌리 쪽은 비교적 가는데 앞쪽으로 갈수록 석둑석둑 길쭉해진다. 다 대충이다.

어쨌거나 오빠한테 그런 건 아무래도 좋은가 보다.

"그래도 좋아하는 사람은 있겠지?"

점심시간, 도시락을 다 먹고서 교실에 앉아 나는 '엄마의 요리'를 두고 미즈호와 이야기하고 있었다. 그런데 미즈호는 '오빠'에 반응했다.

"글쎄, 우리 오빠는 별이랑 우주 말고는 흥미가 없는 사람이야." 나는 반론했다.

"그렇지만도 않을걸. 안의 오빠도 좋아하는 사람쯤은 있을 거야."

"전혀 상상이 안 되는데. 정말로 그런 타입이 아니라니까."

"너네 오빠, 문자 같은 건 하지?"

"엄마한테 저녁 먹고 들어간다는 문자 정도는 보내는 것 같은데."

"아니, 그거 말고. 여자 친구한테 이모티콘 잔뜩 써서 문자를 보낸다거나."

"설마!" 갑자기 내 목소리가 커졌다.

미즈호는 말했다. "초등학교 6학년인 내 동생도 여자 친구가 있단 말이야. 요전에 문자를 봤는데 주제에 어른스러운 내용이더라고. 정말 깜짝 놀랐어."

"너, 문자 몰래 본 거야?"

"꼭 보려고 한 건 아니야. 우연히 탁자에 놓여 있어서 뭐, 그냥 살짝 힐끔." 미즈호가 켕긴다는 듯이 웃었다. 싱싱한 여름 바람이 창 너머로 불어 들어와 미즈호의 앞머리를 흔들었다.

"그래서? 문자에서 뭐랬는데?"

"다른 남자랑 얘기하지 말라나 뭐라나, 질투를 다 하는구나 싶어서 신기하더라. 남녀 사이의 일은 가족도 잘 모르는 법이라니까." 묘하게 다 큰 어른 같은 말투로 미즈호가 말했다.

"그래도 오빠는 좋아하는 사람이 없을 거야, 아마."

"그럼 오늘 밤 오빠가 목욕하는 사이에 휴대전화 문자를 한 번 봐봐. 안나가 모르는 오빠를 발견할지도 몰라."

그날 밤.

영어 숙제를 하려고 펼친 노트는 30분 전과 전혀 달라지지 않은 채로 책상에 놓여 있었다.

바퀴 달린 의자에 앉아 나는 무릎을 끌어안았다. 등받이가 삐걱삐걱 소리를 냈다. 초등학교 4학년 때부터 내 등을 계속 받쳐준 이 의자는 나를 이해해주려고 노력하는 것 같다. 적어도 중학교 교실에 있는 의자보다는.

딱 10분 후에 숙제를 시작해야지. 그러니까 앞으로 10분은 멍하니 있어도 된다고 생각하며 천장을 올려다보았다.

며칠 전부터 방에 자그마한 거미 한 마리가 살고 있다. 오늘 밤은 형광등 근처에 웅크리고 있었다. 다다미 여섯 장 크기인 이 방의 천장은 거미에게 도쿄돔* 몇 배나 되는 넓이로 느껴질까? 그리고 도쿄돔이 없었다면 어른들은 넓이를 말할 때 무엇을 예시로 들었을지 궁금해졌다. 나는 도쿄돔을 실제로 본 적이 없다.

* 일본 도쿄에 있는 지붕 덮인 야구장이다.

점심시간에 미즈호가 한 말이 떠올랐다.

"그래도 좋아하는 사람은 있겠지?"

아니야, 없을 거다.

우리 오빠가 사랑을 한다니, 도저히 상상할 수 없었다.

안고 있던 다리를 풀어 책상을 차자, 의자가 한 바퀴 반 회전했다. 아까웠다. 딱 한 바퀴, 혹은 두 바퀴였다면 원래 위치로 돌아올 텐데. 다시 정면으로 고쳐 앉아 힘을 주어 또 한 번 책상을 걷어찼다. 또 정면에 딱 맞게 돌아오지는 못했다. 또 한 번, 또 한 번 반복하다 보니 내 머릿속까지 빙글빙글 회전하기 시작했다. 마치 무중력 세계를 부유하는 것 같았다.

무중력, 그러니까 우주!

그렇다. 우리 오빠가 사랑에 빠졌다면 상대는 '우주'다.

"안, 그만 좀 쿵쾅거려! 빨리 목욕하고 와."

아래층 세계에서 엄마의 화난 목소리가 들렸다. 어린이용 회전 의자 정도가 소음의 원인이 되는 집에서 살기 위해 아빠는 오늘도 야근 중이다.

아빠는 35년짜리 대출을 받아 이 집을 샀다. 3층짜리 목조 건물. 정원은 없고 덧붙여 수납공간도 없다. 좁은 부지에 디자인이 똑같은 집이 여덟 채 촘촘하게 들어찬 광경을 보면 우주는 상상 이상으로 좁다는 생각이 들었다.

여기서 벗어날 생각이라곤 없는 아빠와 엄마.

시시하다.

그래도 이런 말은 아무리 가족이라도 입밖에 내놓기에 무례하다는 것쯤은 나도 안다.

엄마는 친구를 집에 초대하고 싶어서 안달이 났다. 부엌 구석에 놓인 요리책을 보면 쉽게 짐작이 간다. '대접'이나 '홈 파티' 같은, 설거짓거리가 어마어마하게 나올 것 같은 제목의 책만 가득하다. 고작 집에 친구를 초대하는 일일 뿐인데 엄마는 너무 격식을 차린다.

오늘도 그렇다. 현관에서 신발을 벗는데, 평소보다 한층 높은 엄마의 목소리가 들렸다.

"안, 어서 오렴."

거실에 얼굴을 내밀자, 엄마의 파트타임 동료인 기시타 아줌마와 와타나베 아줌마가 생글생글 웃고 있었다.

"오늘은 꽤 일찍 왔네, 안." 엄마가 상냥한 목소리로 말했다.

"동아리 활동, 쉬는 날이니까."

"어머, 그러니. 안, 너도 가끔 우리랑 같이 홍차로 티타임을 즐기지 않을래?"

홍차를 마시면 마시는 거지 굳이 '티타임' 어쩌고 하면서 고상을 떤다. '티타임'이 불편한 표정을 짓는 것 같았다.

왜 내가 엄마의 친구, 그러니까 아줌마들 틈에 껴서 차를 마셔야 하는데?

"됐어, 학원 숙제 있어."

"그래? 그럼 나중에 내려오렴, 애플파이를 선물로 받았어."

알았어. 대답하고 계단을 올라가려는데, 엄마가 아줌마에게 속삭이는 목소리가 들렸다.

"요즘 저 애도 예민해졌어. 응, 역시 열네 살이라서 그런가 봐."

엄마가 열네 살이라는 나이를 손이 제일 많이 가는 시기라고 믿고 '열네 살'이라는 제목이 붙은 책을 몰래 읽는 것은 나도 알고 있다.

웃기게도 '대접'이나 '홈 파티'와 관련된 책은 돈을 주고 사면서 열네 살 관련 책은 도서관에서 빌려 온다.

뭐만 했다 하면 나이 탓으로 돌리는 소리를 해서 마음에 들지 않는다.

나는 정당한 이유, 예를 들어 남의 방을 멋대로 청소하지 말라거나, 내 속옷을 거실에 개킨 채로 두지 말라는 이유로 몇 번이나 화를 냈는데, 전부 까탈스러워진 나이 탓으로 돌린다.

엄마는 까맣게 잊어버렸다. 자기가 열네 살이었던 때를.

"어머, 그럴 리가. 엄마도 다 기억하고 있어."

이러면서 당연하지 않느냐는 표정을 짓지만, 엄마가 기억하는 것은 행사다. 소풍으로 후지산에 오른 것은 열네 살 때일인지도 모르지만, 그런 것은 일상이 아니라 사진처럼 깔끔하게 다듬어진 기억일 뿐이다.

엄마 친구가 집에 놀러 오는 날이면 나는 벗은 신발을 현관에 가지런히 모아준다. 내가 이렇게 한다는 걸 알게 되면, 엄마도 엄마로서 한 단계 성장하지 않을까 싶어서.

어쨌든 엄마는 내 마음 같은 건 하나도 몰라주고, 이사한 지 3년이나 지났는데 여전히 '마이 홈'에 잔뜩 들떴다.

그렇지만…….

사실은, 진정한 의미에서 이 집 때문에 제일 들뜬 사람은 오빠다.

소개받은 부동산 매물 중에 옥상이 딸린 집이 있다는 말을 듣자마자 오빠는 갑자기 이사 찬성파로 돌아섰다. 나는 내 방이 생기는 것은 기쁘지만 친구들과 헤어지느니 지금 사는 단지가 좋다고 말했고, 오빠는 걸어서 갈 수 있는 거리에 고등학교가 있으니까 가능하면 졸업할 때까지는 다니고 싶다고 했었다. 우리 남매는 이사 반대파를 만들었는데, '옥상'이라는 떡고물 하나로 오빠는 나를 쉽게 배신해버렸다.

별 때문이다.

아닌가, 달 때문인가?

어느 쪽이면 어때, 어쨌든 다 우주 때문이다.

목욕을 마치고 냉장고 앞에서 우유를 단숨에 후루룩 마셨
다. 앞으로 키가 3센티미터 더 크는 것이 내 목표였다. 그나
저나 농구부의 '암묵적인 규칙' 때문에 머리를 기를 수 없다.
키는 내 마음대로 되지 않지만 머리카락은 자란다. 작은 부
분이라도 내 몸의 일부가 제한받는 것은 마음에 들지 않는
다. 머리카락도, 손톱도. 나에게만 주어진 것을 빼앗기는 기
분이다.

아빠는 11시가 지났는데도 아직 퇴근하지 못했다. 오늘도
야근인가 보다. 통근이 한 시간 반 걸리는 데 전철에서는 갈
때도 올 때도 앉지 못한다고 했다. 자동차는 주말에 국도 연
변의 대형 슈퍼에 갈 때 말고는 쓰지 않는데도 아주 당연하다
는 듯이 1층 대부분을 차지하고 있다. 아빠가 앞으로 30년하
고도 수년간을 갚아야 하는 대출의 5분의 1, 아니, 4분의 1은
차의 침실 요금인 셈이다.

엄마는 거실에서 텔레비전을 보며 다리미질을 하는 중이었
다. 옆에 연갈색 스타킹과 재봉 도구가 있는 것으로 보아 해
진 스타킹 복원 작업에 들어가려나 보다. 마이 홈을 장만은

했으나 대출을 갚아야 하는 한, 엄마의 절약도 오전에 하는 패밀리레스토랑 파트타임 일도 계속될 것이다.

"아빠가 죽어도 이 집 대출금은 괜찮을 거다."

가족 넷이서 이사를 마치고 메밀국수를 먹는 도중에 아빠가 그런 말을 했다가 불길한 소리라며 엄마에게 혼났다. 아빠가 세상을 떠나면 대출이 무효가 되는 보험에 가입했다고, 나중에 오빠가 알려주었다.

그러면 아빠가 너무 불쌍하다. 당신이 죽은 후에 남은 우리만 이익을 보다니. 내가 아빠를 안타까워하자 오빠가 말했다.

"이익이나 손해, 그렇게 따질 문제는 아니라고 생각해."

오빠는 언제나 차분했다.

예전에 엄마가 오빠의 '우주 노트'를 실수로 버렸을 때도, 잠깐 삐지기는 했지만 버럭 화를 내지는 않았다.

참고로 '우주 노트'는 신문에 실린 우주 관련 기사를 스크랩해둔 노트로, 지금쯤이면 100권이 넘지 않을까. 어쩌면 1,000권일지도…….

"안, 얼른 자야지. 내일 늦잠 자겠다."

스타킹 복원 작업을 시작하려는 엄마가 이쪽을 돌아보지도 않고 말했다.

엄마한테는 나보다 선수를 치는 '장치'라도 장착되어 있나?

"알았다니까!"

나는 오늘은 마지막일 "알았다니까!"를 엄마의 등에 대고 외치고, 3층 내 방으로 올라갔다. 친한 친구와 헤어져서 쓸쓸했지만 내 방이 생겨서 좋긴 하다.

얇은 벽을 사이에 둔 옆방은 우주 덕후인 오빠의 방이다.

조용했다.

벌써 잠들었을까. 어쩌면 여자 친구에게 문자를 한다거나…….

전에 여자 친구 두 명이 오빠를 만나러 온 적이 있다.

대학 동기인가 본데, 내가 친구 생일 파티에서 돌아왔더니 엄마는 부엌에서 혼자 허둥거리고 있었다. 그날은 일요일이었고 아빠는 마침 골프를 치러 가서 집에 없었다.

"어쩌지, 안. 오빠 친구가 놀러 왔는데, 여자애야."

엄마는 완전히 동요했다. 물론 나 역시 저절로 "거짓말!" 하고 큰 소리를 내고 말았다.

"안, 얼른 가서 케이크 좀 사다 줄래?"

평소라면 엄마의 심부름은 '심부름 값' 없이는 안 하지만, 그때는 오빠가 중대사를 치르는 날이었다. 나는 코트를 걸치는 일도 깜박하고 자전거를 타고 역 앞 케이크 가게로 날아갔다.

집에 돌아오자, 엄마는 티백이 아니라 찻잎으로 홍차를 우리는 중이었다. 답례품으로 받았을 때, "이런 홍차는 집에서 못 마시잖아"라며 불평했던 차였다. 캔에는 얼그레이라고 인쇄되어 있었다.

"엄마, 내가 가져가도 될까?"

엄마는 '엑!' 하는 표정을 지었다. 엄마도 오빠 방 분위기가 어떤지 알고 싶었나 보다. 결국 엄마가 홍차를, 내가 케이크를 들고 가기로 했다.

오빠의 방으로 들어가자 아무도 없었다. 옥상에 있는 것 같았다. 내가 부르러 올라가 보니 세 사람의 등이 나란히 보였다. 추운 하늘 아래, 모두 코트를 입고서. 키가 큰 오빠만 석양을 받아 길쭉해 보였다.

옥상에서 오빠의 방으로 내려온 친구들에게 "저, 괜찮다면 케이크 좀 들어요" 하고 엄마가 한숨이 나올 만큼 긴장한 목소리로 말했다.

"아, 잘 먹겠습니다. 감사합니다."

친구들은 생글생글 웃으며 고맙다고 인사했다. 둘 다 수수해 보였지만 느낌이 참 좋았다.

오빠와 친구들은 하늘을 보고 있었다.

"뭘 보고 있었어요?"

엄마가 말을 걸자, 머리가 길고 마른 여자가 맑은 목소리로 대답했다.

"수성이 동방최대이각이어서요."

엄마도 나도 무슨 소리인지 전혀 이해할 수 없었지만, 오빠 방에 이렇게 계속 있으면 방해가 되겠다 싶어 얼른 나왔다.

친구들이 돌아간 뒤에 오빠가 설명해주었다.

아까 머리가 긴 여자는 분명 "수성이 동방최대이각이어서" 라는 이해할 수 없는 말을 했다.

"안, 수성은 알고 있지?"

"태양에 제일 가까이 있는 행성이잖아."

"그래, 태양 제일 가까이 있어서 평소에는 쉽게 관측할 수 없어. 태양 빛 때문에 너무 눈이 부시거든. 그래도 오늘은 수성을 볼 수 있는 날이야."

"어째서?" 내가 물었다.

"수성이 태양에서 멀어지는 날,이라고 해야 할까? 궤도상 이런 날 저녁 무렵에는 서쪽 하늘에서 수성이 잘 보여. 작년 에도 옥상에서 잘 보였다고 말했더니 자기들도 보고 싶다고 하더라고."

"보였어?"

"응."

수성 관측은 오빠의 심장을 뛰게 하는 일인가 보다.

엄마는 "가즈키와 결혼할 아가씨가 있을까?" 하고, 늘 아빠에게 한숨을 섞어 말했으면서 오빠의 여자 친구들이 왔다 간 뒤에는 한동안 풀이 죽어 있었다.

나는 엄마의 기분을 조금은 알 것 같았다. 오빠는 우주 덕후에 촌스럽지만, 다정하다. 그걸 아는 사람이 우리 가족뿐만이 아니어서 기쁜데 조금 쓸쓸하기도 하다. 마치 오빠를 빼앗긴 기분이다.

아니, 그 여자들이 '우주 덕후'라는 점에서 오빠에게는 특별한 존재일지도 모른다.

오빠는 긴장하지도 않고 아주 자연스럽게 여자와 대화를 나눴다. 그러나 둘 다 오빠의 여자 친구라는 느낌은 들지 않았다.

이제 곧 자정.

어쩌지, 오빠의 휴대전화 문자. 꼭 확인해야 할 이유는 없지만, 미즈호가 "오늘 밤 오빠가 목욕하는 사이에 휴대전화 문자를 한번 봐봐"라고 말했으니까 왠지 꼭 그렇게 해야만 할 것 같았다.

오빠 방 앞까지 오긴 했는데 이상하게 가슴이 뛰었다.

똑똑, 조용히 문을 두드렸다. 문틈으로 빛이 새어 나오고 있으니까 아직 깨어 있을 것이다.

"왜, 무슨 일이니?" 고개를 쑥 내민 오빠는 늘 그렇듯이 다정한 말투였다.

"오빠, 목욕 벌써 했어?"

"아직, 왜?"

"아, 그게, 아까 욕조 물이 딱 들어가기 좋았거든."

"이제 곧 들어갈 거야. 고마워."

오빠 방은 우주와 관련한 자료와 책으로 꽉 찼다. 벽에는 커다란 시계 두 개가 나란히 걸려 있는데 초침까지 완벽하게 맞는다. 오빠 말로는, 별 관측에는 시간이 아주 중요하다고.

"오늘은 보름달이 떠서 달을 볼 생각인데, 안도 좀 볼래?"

"응."

베란다에는 샌들이 세 켤레 놓여 있었다. 하나는 오빠가 늘 신는 것이고 다른 두 개는 여자 친구 두 명이 왔을 때 준비한 것임을 나는 그제야 깨달았다.

오빠가 사 왔구나. 아마 역 앞 슈퍼 2층이나, 상가의 신발 가게에 가서. 어쩌면 오빠는 내 생각과는 달리 여자에게 인기가 없는 사람은 아닐 수도 있겠다.

"뭐니 뭐니 해도 결국 마음이 따뜻한 사람이 최고야."

주택 단지에 살던 시절, 이웃이었던 언니가 말했다. 생각해 보니 언니의 결혼 상대는 전에 사귀던 남자 친구와는 비교도 안 될 정도로 평범한 사람이었다.

옥상에는 이미 망원경이 준비되어 있었다. 구름도 없어서 달은 육안으로도 잘 보였다.

"안, 잠깐 기다려."

오빠는 익숙한 손길로 망원경을 조정했다. 막힘없이 능숙한 동작이 아름다워 보이기까지 했다.

"다 됐다, 한번 볼래?"

망원경 너머에는 컴퍼스로 그린 듯한 동그란 달이 있었다.

"교생 실습을 하러 간 선배가 그러는데, 보름달을 본 적 없는 애들이 진짜 많대. 안, 못 믿겠지?"

오빠는 청바지 주머니에 양손을 찔러 넣고 달을 올려다보았다. 매우 흡족해 보였다. 그래도 슬프네, 오빠가 입은 청바지는 리바이스 같은 게 아니라 엄마가 사 온 이상한 브랜드다. 다리가 긴 오빠에게는 약간 짧아서 초라해 보였다.

발아래에는 모기향이 모락모락 피어오르고, 멀리 역 근처의 네온이 아주 흐릿하게 반짝였다. 바람도 안 부는데 어디선가 여름 내음이 흘러왔다.

"달이 정말 동그랗구나. 딱 봐도 보름달인 줄 알겠어." 나는 말했다.

"무거운 천체는 둥글둥글하거든."

오빠가 말했다.

무거운 천체는 둥글둥글하다고?

그렇다면 가벼운 천체는 어떤 형태일까?

조금 궁금했지만, 질문하면 당연히 대화가 길어질 테니까 오늘은 묻지 않기로 했다.

그렇게 생각하면서도 뭐든 사소한 질문이라도 하지 않으면 미안하니까 좀 봐주기로 했다.

"있잖아, 오빠가 제일 좋아하는 별은 뭐야?"

"역시 토성이지."

역시라니.

"그 고리 달린 거?"

"응, 그 고리가 좋아, 토성은."

그렇구나.

"그런데 고리가 사라질 때도 있어."

"어?"

"정확히 말해서 사라지는 건 아닌데, 으음, 쉽게 설명하면 지구에서 보는 각도에 따라 잘 안 보이게 된다고 할까? 토성의 공전 때문에 지구에서 보면 고리가 딱 평행이 되어서 잘 안 보이게 돼."

"헤에."

"재미있지? 사실은 있는데 안 보이는 거니까. 착각이야."

"흐응."

"하지만 그런 일은 아주 드물게 벌어진다고 해. 지난번에는 내가 아직 어려서 몰랐고. 이제 곧, 드디어 볼 수 있는 날이 다가와."

"기대돼?"

"그럼. 인생에서 자주 볼 수 있는 게 아니니까."

오빠는 여러 차례 고개를 끄덕였다.

"그러고 보니 화성의 저녁놀은 파랗다고, 오빠가 전에 그랬잖아. 그것도 보고 싶어?"

"물론 보고 싶지."

"그럼, 있잖아, 화성의 저녁놀을 볼 수 있는데 대신에 수명이 5년 줄어든다고 하면 어떡할 거야? 볼 거야?"

"안 봐."

오빠는 망설임 없이 답했다. 예상을 벗어난 대답이었다.

"안. 우주가 생기고 137억 년이 지났는데, 단 한 번도 똑같은 밤하늘은 없었어. 지금 올려다보는 하늘과 내일 하늘은 다르고, 내일 하늘과 모레 하늘도 달라. 매일매일 새로운 하늘이 보인다고 생각하면, 나는 화성의 저녁놀을 한 번 보는 것보다 지구의 하늘을 가능한 한 오래 보는 쪽을 선택할 거야."

아직 나는 어리지만, 갑자기 오빠를 지켜주고 싶다고 생각했다. 이 사람이 계속 밤하늘을 볼 수 있도록 어떤 거대한 존재에게 기도하고 싶었다.

아빠도 엄마도 어쩌면 이런 기분일까?

두 사람은 나를 걱정하는 것과 다른 차원에서 오빠를 염려하고 있다. 오빠는, 오직 하나밖에 없는 길을 잘 걸어갈 수 있길 바라며. 나는, 길을 잘못 선택하지 않길 바라며.

"오빠, 나, 이제 잘래."

"그래."

미즈호, 역시 우리 오빠는 사랑 따위 안 할 거야. 여자 친구에게 문자라니, 말도 안 돼.

저 사람의 마음은 수성이나 보름달이나 토성 고리로 흘러넘칠 만큼 가득하다. 적어도 아직까지는.

게다가 오빠 책상에 있는 휴대전화를 보니까 훔쳐볼 마음이 말끔하게 사라졌다.

휴대전화에는 내가 선물한 줄이 달려 있었다. 잡화점에서 우연히 장난감 망원경 모양의 휴대전화 줄을 발견해서 사 왔더니 오빠는 아주 기뻐했다. 항상 주머니에 휴대전화를 넣어

두기에 망원경의 도장은 완전히 벗겨졌는데 끈은 여전히 잘 달려 있었다.

그러니까 문자를 보면 안 된다고 생각했다.

그런 생각이 들었다.

2장
괜찮은 명왕성

"있잖아, 안. 명왕성 말인데."

이 세상에 오빠라고 불리는 사람들은 여동생에게 "잘 잤니?"라고 말하기 전에 그런 이야기를 하지 않는다는 것을 우리 오빠는 모르나 보다.

"명왕성이면 그, 퇴출당한 별이지."

그런 말을 듣는 데 익숙한 나는 아직 잠이 덜 깬 눈을 비비며 아침이 차려진 식탁에 앉았다.

여름방학은 동아리 활동을 하고 학원을 오가며 미즈호와

둘이서 도넛을 먹다 보니 끝나버렸다. 겨울방학은 말도 안 되게 멀어서 우주 저편에 있는 것 같았다.

오늘 오빠는 하늘색 깅엄 체크 반소매 셔츠를 입고 있었다. 지난주에 엄마랑 둘이서 쇼핑 갔을 때 내가 발견한 옷이다. 집안 살림에 깐깐한 엄마가 사 오는 오빠의 옷에는 대부분 '쓸데없는 것'이 붙어 있어 오빠가 더 촌스러워 보였다. 오빠를 쇼핑몰 안에 있는 무인양품으로 데려갔다. 참고로 '쓸데없는 것'은 운동복 팔 부분에 달린, 사탕 하나가 간신히 들어갈 이상한 주머니나 묘하게 뾰족하고 길쭉한 셔츠 소매 같은 것이다. 국어 수업에서 '사족'이라는 단어를 배웠을 때, 나는 엄마가 사 오는 오빠의 옷을 제일 먼저 떠올렸다.

오늘 오빠는 내가 고른 무인양품의 심플한 셔츠 덕분에 말쑥해 보였다.

맨 위 단추는 안 잠가도 될 것 같은데?

충고해줄까 했지만 그만두었다. 첫 단추까지 잠그지 않은 오빠는 본 적이 없다.

요즘 우리 집은 현미밥을 먹는다. 건강 관련 방송에 현미밥이 나온 후였다. 그런데 물의 양을 제대로 조절하지 못해서 어제는 꼬들꼬들했는데 오늘 밥은 조금 질었다. 우리 집 현미밥은 더 맛있게 만드는 방향으로 나아가 계속 이어지지 않고,

산 시점에서 끝난다.

"안, 빨리 안 먹으면 지각한다."

엄마에게 장착된 '선수 치기 음성'이 베란다에서 들렸다. 빨래를 팡팡 쳐서 주름을 펴는 소리가 뒤따라오듯이 들렸다. 목욕 수건 너머로 하반신만 보였다.

"엄마, 밥이 질어서 맛이 없어."

"뭐라고? 안 들려."

"밥이 맛없다고!"

"어휴, 너는 왜 그렇게 불평만 하니. 현미가 몸에 좋단 말이야."

아빠는 아침으로 빵을 먹고 밤에는 회사에서 나오는 도시락을 먹는다. 오빠는 당연히 전혀 불평하지 않는다. 이러니까 엄마는 내 현미 투정을 받아주지 않는다.

아침밥.

질척질척한 현미밥, 미역 된장국, 계란프라이, 토마토 샐러드. 그리고 뭐였지, 명왕성이던가?

수금지화목토천해.

태양계 행성들에서 쫓겨난 명왕성. 수업에서도 선생님이 말했다. 명왕성만 다른 여덟 개의 행성과 구조가 다르다던가.

오빠는 명왕성 역시 좋아하겠지. 후식으로 배를 먹으며 고

독한 명왕성을 떠올리고 있었나 보다.

"명왕성이 더 이상 태양계 행성이 아니게 됐잖아. 행성의 정의를 고려하면 예전부터 어쩔 수 없다고 생각하긴 했어. 그리고 관측 기술이 발전해서 명왕성 크기의 별이 차례차례 발견되고 있으니까 기쁜 일이라고 할 수 있고. 그래도, 안. 나는 명왕성이 준행성으로 강등돼서 역시 안타깝기도 해." 오빠는 슬픔에 젖어 말했다.

"급이 떨어졌으니까?"

"그래. 갑자기 무리에서 쫓아내서 미안한 마음이 들어."

"그래도 오빠."

"응?"

"명왕성은 별생각 없을 것 같은데? 별이잖아."

어제 2학기가 시작된 참이어서 아직 몸이 아침 일정에 익숙해지지 않았다. 딱딱한 계란프라이를 수저로 자르며 텔레비전에서 방영되는 별자리 운세를 멍하니 바라보았다. 쌍둥이자리인 내 행운의 색은 주황색이란다.

곧 오빠는 학교에 갔고 아침을 다 먹은 나는 세면대 앞에서 고군분투했다.

"이렇게 더운데 드라이어를 쓰다니 대단하네."

복도를 걸레질하는 엄마가 무슨 소리를 하든 머리 스타일만은 타협할 수 없다. 괴상한 머리 꼴을 하고 교실에 들어서는 쓸데없는 용기는 내고 싶지 않았다.

도시락을 싸는 손수건 색을 오늘 내 행운의 색에 맞췄다. 선배 눈초리가 매서우니까 교복 치마 길이는 허용되는 범위 안에서 짧게. 내년에 3학년이 되면 조금 더 짧게 할 것이다.

그렇게 하면 아빠는 뭐라고 하려나?

전에 내가 교복을 입은 채로 거실 소파에 앉아 푸딩을 먹을 때, 아빠가 내 허벅지를 힐끔 보았다. 분명히 봤다. 읽던 신문을 넘기면서 힐끔. 조건 반사 같은 건가?

학교에도 허벅지나 가슴에 시선을 보내는 남자 선생님이 있다. 정말 찰나의 눈짓. 우리가 알아차리지 못할 리가 없는데 그들은 들키지 않았다고 생각한다.

우리는 남자 어른들의 '힐끔'을 목격하고 싶은 것이다.

그들의 시선을 확인하고서 '그렇게 보고 싶어?' 하고 어른을 비웃고 싶은 심술궂은 마음. 또 젊음을 자랑하고 싶은 마음. 두 마음이 교차하고 있다. 그래도 힐끔 보는 시선은 역시 불쾌하다.

오빠의 '힐끔'은 단 한 번도 감지한 적이 없다.

아마 그런 짓은 안 할 거다. 왜냐하면 오늘 아침에 오빠가 처음 건넨 말은 "있잖아, 안. 명왕성 말인데"였으니까…….

중학교는 공기가 부족한 것 같다. 마치 빈 페트병에 아이들을 모두 집어넣고 뚜껑을 꽉 닫아놓은 것 같은 분위기다.

우리는 밀봉된 페트병 안에서 나눠진다. 강한 무리가 있고 약한 무리가 있다. 또 강한 무리 안에 더 강한 사람과 약한 사람이 있고, 약한 무리 안에 리더가 있기도 하다.

지금 우리 반의 여자애들 무리는 소규모다. 두 명, 세 명으로 구성된 무리가 몇 있고 네 명으로 이루어진 무리 하나, 그리고 늘 혼자 있는 애가 둘.

"저 애들 둘이서 같이 다니면 좋을 텐데."

그렇게 말하는 부모들도 있다는데, 그건 우리를 완전히 바보 취급하는 소리다.

나는 늘 미즈호와 함께다.

"네가 없었으면 어쩔 뻔했을까."

미즈호는 이렇게 말하는데, 나도 미즈호가 있어서 다행이라고 진심으로 생각했다.

그래도 이것만으로는 부족했다. 미즈호가 학교를 쉴 때를 대비해 보험으로 다마다 마리와 노무라 리리카 무리와 암묵의 협정을 맺어두었다. 미즈호가 없을 때, 나는 이 팀에 하루 동안 가입해서 쉬는 시간과 점심시간에도 같이 있도록 허락을 받았다. 내가 쉬면 미즈호도 그렇게 하고, 다마다 마리와 노무라 리리카 중 누군가가 쉬면 나와 미즈호의 무리에 넣어 준다. 혼자서 아무렇지도 않은 척하고 지내기에 중학교의 하루는 너무 길다.

그렇다고 해서 넷이 한 팀은 될 수 없다. 그것과는 그냥 뭔가 다르다.

"안. 우리 은하계 이외의 은하계를 생각하면 가슴이 뛰지 않니?"

전에 오빠가 했던 말이 떠올랐다. 그때, 무슨 소리인지 몰라서 나는 되물었다.

"은하계 이외의 은하계?"

"그래. 하나쯤은 지구와 비슷한 별이 존재할지도 몰라."

"다른 은하계가 뭐야?"

"안, 은하계는 하나가 아니야. 우주에는 은하가 아주 많고, 우리가 사는 은하계는 그중 하나에 불과해."

"아주 많다고?"

"그래. 은하 서른 개 정도로 이루어진 국부 은하군의 은하 중 하나가 우리은하고, 여기에 우리가 사는 태양계가 포함되어 있고, 태양계의 행성 중 하나가 지구야."

"뭔가, 잔뜩 있다는 거는 알겠는데……."

머리가 복잡해졌다.

"으음, 그래. 예를 들어 우리 한 사람 한 사람을 행성이라고 치면, 우리 가족, 그러니까 오구라 일가가 태양계. 우리가 사는 시가 은하계고, 은하군은 도쿄야. 알겠니?"

"응. 대충."

나는 조금은 이해할 것 같았다.

"우리가 속한 은하군이 국부 은하군이고, 여기에는 은하가 약 서른 개 있고, 이 서른 개 중 하나에 태양계가 있다는 소리지?"

"맞아. 그런데 안. 우주에는 국부 은하군 이외에도 은하군이 아주 많아."

"은하군이 또 있어?"

"그래. 국부 은하군 근처에 있는 처녀자리 은하단에는 대략 2,500개의 은하군이 있어."

"후아."

나는 우주에 있는 별의 개수를 생각하고 한숨을 쉬었다.

"그리고 우리에게 태양은 중요한 존재지만, 국부 은하군 차원에서 보면 태양은 중심에 있는 별도 뭣도 아니야. 따져보면 구석에 있어."

"구석이라니, 시골이라는 거야?"

"시골까지는 아니고. 하라주쿠나 시부야가 아니라 우리가 지금 사는 마을 정도?"

"그럼 완전 시골이란 거잖아."

우리는 웃음을 터뜨렸다.

"오빠, 태양이랑 비슷한 별이 또 있어?"

"우리 태양계가 속한 국부 은하군에는 태양 같은 항성이 태양 말고도 많이 있어. 태양은 아주, 아주 일반적인 항성이니까."

"우와, 몇 개쯤 있어?"

"다양한 이론이 있는데, 대충 2,000억 개."

"그러면 다른 은하군에 있는 것까지 합치면 태양이 어마어마하게 많겠다."

"그야말로 천문학적인 숫자라는 것만은 틀림없지."

오빠가 가슴이 뛰는 이유를 알 것도 같다. 우주에 그렇게 태양이 많다면 지구와 비슷한 별이 있어도 전혀 이상하지 않다.

만약 지구와 비슷한 별이 있다면 거기에는 나랑 비슷한 애도 있을까?

있다면 만나보고 싶다. 그 애에게 남자 친구가 있는지 알고 싶다.

어쨌든.

우주에는 은하계가 수없이 많지만, 교실 안에 존재하는 다마다 마리와 노무라 리리카의 은하계는 나와 미즈호의 은하계와 별개다. 그냥 노는 방식이 다를 뿐이지만.

바로 어제까지만 해도 무리에 속한 애가 갑자기 따돌림을 당한다.

그런 일은 학교에서 흔하다.

노닷치는 혼자였다. 교실에 혼자 있는 여자애 둘 중 하나였다. 그런데 다른 한 명은 점점 학교에 안 나오고 있어서 실제로 혼자인 애는 노닷치뿐이었다. 쉬는 시간에도 자기 자리에 오도카니 앉아 책을 읽고 있다.

그러나 나는 노닷치가 건성으로 책장을 넘기는 것을 알고 있었다. 노닷치는 책 읽는 시늉을 하며 그저 앉아 있었다. 그렇게라도 하지 않으면 교실에 있지 못할 것이다.

원래 노닷치는 다섯 명으로 구성된 무리에 속했는데, 1학기가 끝날 무렵부터 갑자기 따돌림을 받았다.

그래도 예고 비슷한 것은 있었다. 왠지 모르게 내쫓으려는 낌새가 보였다고 할까.

체육 시간에 애들이 노닷치를 기다리지 않고 운동장으로 가버리는 것을 목격하고 나와 미즈호는 어리둥절했다. 다음 날 점심시간, 노닷치의 컵만 비어 있었다.

"아차, 미안해. 차를 깜박했네."

그렇게 말한 애가 있었지만 딱 한 사람분만 잊을 리가 없다. 노닷치는 묵묵히 교단에 있는 주전자를 가지러 갔다.

"안나, 조금 위험한 것 같지."

"응, 위험하다."

우리는 뒤쪽 창가 자리에서 다른 은하계의 상태를 몰래 지켜보았다.

그로부터 얼마 지나지 않아 노닷치는 외톨이가 되었다.

비슷한 광경을 초등학교 때부터 여러 번 봤다. 그래도 어쩔 수 없다.

노닷치네 무리는 얌전한 편이다. 그런데 봄에 반 대항 배구 대회의 실행임원을 뽑을 때 다섯 명 무리가 입후보해서 선생님의 귀염을 받았다.

나는 노닷치와 같은 초등학교를 나왔고, 같은 반에 같은 무리에 속했던 적도 있다. 그래서 일단은 '노닷치', '안나'라고 허물없이 부르는 사이지만, 중학생이 된 후에는 같이 논 적이 없다. 친구도 바뀌는 법이다.

착한 애지만 돈에 좀 무신경한 면이 있어서 50엔이나 100엔을 빌려달라고 하고는 그냥 끝이다.

그래도 노닷치가 누명을 쓴 친구를 옹호하며 진심으로 분노한 모습도 기억하고 있다.

2학기가 되면 노닷치가 다시 원래 무리로 돌아갔으면 했는데, 역시 그 애는 혼자였다.

일기 예보대로 오후부터 비가 내리기 시작해 방과 후 농구부 연습이 취소되었다.

"좋겠다, 농구부는."

미즈호가 축 처졌다.

육상부 소속인 미즈호는 비 오는 날에도 이른바 '비 오는 날의 돌격'을 해야 해서, 비상계단을 1층부터 4층까지 열 번 왕복을 한 뒤에야 돌아갈 수 있다.

"미즈호, 비 오는 날의 돌격 끝날 때까지 기다릴게. 도넛 먹고 가자. 나, 오늘 학원 안 가는 날이니까."

"진짜? 그럼 돌격하고 올게. 안나, 교실에서 기다려. 30분 안에 돌아올 테니까!"

미즈호는 체육복을 손에 들고 순식간에 눈앞에서 사라졌다. 역시 단거리 선수답다.

미즈호는 학원에 다니지 않는다. 1학년 때, 학원에서 만난 다른 중학교 여자애들과 오락실에 갔다가 부모님에게 들킨 이후로 과외 선생님을 두고 공부하고 있다.

교실 앞 복도에서 비 오는 운동장을 내려다보았다. 아무도 없었다. 평소라면 야구부 1학년들이 제일 먼저 나와서 땅을 고르고 있을 텐데.

운동장 여기저기에 갈색 물웅덩이가 생겼고, 흙이 푹 젖었다. 하늘이 어두운 것으로 보아 비는 밤까지 이어질 것 같았다.

슬슬 교실로 들어가자. 혼자 있는 시간이 길어지면 누군가 나를 불쌍하다고 생각할 테니까.

"저기, 잠깐만 같이 있어도 될까? 미즈호 연습 끝날 때까지 기다려야 하거든."

교실에 남아 수다를 떨고 있던 미쿠를 비롯해 총 세 명으로 이루어진 무리에 나는 슬쩍 끼어들었다.

"그래, 안나. 자, 이거 줄게."

미쿠가 사탕을 주었다.

책상 하나에 모여 느긋하게 놀았다. 미쿠, 즉 미쿠니는 배구부로 매일 농구부 옆 코트에서 연습한다. 같은 반이 되기 전부터 복도에서 만나면 싱긋 웃음을 주고받을 정도로는 아는 사이였다.

미쿠 무리는 약간 화려한 스타일이어서 늘 색이 진한 립스틱을 바른다. 또 착실한 애들을 조금 우습게 보는 면이 있다. 오늘은 관심 있는 남자 선배를 셋이서 기다린다고 했다.

그 애들의 방식에 맞춰주며 미즈호를 기다렸다. 억지웃음을 짓느라 뺨이 찢어질 것 같았다.

30분 후, 미즈호가 교실로 돌아왔다. 땀에 젖어 앞머리가 이마에 달라붙어 있었다. 조그맣게 묶어 올린 뒷머리도 젖었다. 미즈호는 옷 갈아입고 올 테니까 실내화실 앞에서 기다리라고 하고 다시 뛰어나갔다. 나는 미쿠와 애들에게 "같이 있어줘서 고마워"라고 말하고 교실을 나섰다.

1층 실내화실로 내려가니, 노닷치가 신발을 갈아 신는 중이었다. 미즈호는 아직 오지 않았다.

동아리에 들어가지 않은 노닷치는 방과 후에도 혼자였다.

나를 보자 노닷치는 아주 살짝 미소를 지었다. 아니, 미소를 짓기 직전의 표정을 지었다가 도중에 그만둔 것처럼 보였다. 나는 속삭이는 소리로 "노닷치, 바이바이" 하고 인사했다. 노닷치의 "바이바이"는 빗소리에 묻힐 정도로 작았다.

노닷치는 뛰어서 돌아갔다. 우산이 없었다. 그래서 지금까지 시간을 보내고 있었나 보다. 비를 맞으며 돌아가는 모습을 다른 사람에게 보이기 싫었을 것이다.

체육관 옆을 지나 달려가는 노닷치의 뒷모습은 비를 맞아 처량해 보였다.

도넛 가게는 붐볐다. 자리가 없어서 포기하려고 했는데 미즈호가 "저기 비었다" 하고 가게 안쪽으로 돌진했다. 그러더니 네 명 자리를 차지하고 앉아 있던 대학생으로 보이는 커플에게 "여기 괜찮을까요?" 하고 말을 걸었다. 남자가 "아, 그럼요" 하고 대답하며 짐을 치우고 두 자리를 떨어뜨려주었다. 미즈호는 애교가 넘쳐서 이런 행동을 해도 얄밉지 않다.

내가 가진 할인 쿠폰을 써서 둘이서 도넛을 두 개씩 샀다.

요즘 우리는 따뜻한 우유에 도넛을 적셔서 먹는 것을 좋아한다. 반으로 나눈 도넛을 따뜻한 우유에 10초쯤 담갔다가 푸슬푸슬 부스러지기 직전에 덥석 꺼내 먹는다. 우유를 머금은 도넛의 식감은 뭐라 표현할 수 없이 좋았다.

"나, 생각해봤는데."

미즈호가 말했다.

"뭐를?"

"도넛을 우유에 담가서 먹으니 처음부터 우유 안에 넣었다가 숟가락으로 퍼 먹는 건 어떨까?"

내 대답을 기다리지도 않고 미즈호는 당장 실행에 옮겼다. 우유에 도넛을 넣어 녹이더니 마구 저어 섞었다. 미즈호의 컵 안은 뭐랄까, 굉장해졌다.

"안나, 이거 맛있어!"

미즈호는 원형이 사라진 도넛을 숟가락으로 건져 먹었다.

옆 커플이 그 모습을 보고 웃어서 미즈호는 민망해하며 고개를 살짝 숙였다. 나는 '아아, 진짜 얘가' 하고 곤란한 표정을 지으며 미즈호를 바라보았다.

그런데 우리는 그런 시늉을 해 보였을 뿐이다.

미즈호는 사실 민망하지 않고 나도 속으로는 전혀 곤란하지 않다. 우리는 열네 살 여자애를 연기하고 있다. 학교 밖 세계에서 잘 처신하기 위해서. 위험을 피하며 골목길을 걷는 고양이를 보면, 나는 저 녀석이 지금 나와 어딘가 비슷하다는 생각이 들곤 했다.

자리를 비워준 커플 중 여자가 자리에서 일어나면서 "이거 줄게" 하고 쿡쿡 웃으며 도넛 가게의 할인 쿠폰을 주었다. 남자 친구와 같이 있을 때, 여자는 상냥하다.

"운 좋았다."

미즈호는 장난스럽게 웃었다. 미즈호와 있으면 더할 나위 없이 즐거웠다.

빗줄기가 점점 거세졌다. 나는 비에 젖은 노닷치의 뒷모습을 떠올렸다.

비 오는 날에 오빠는 평소보다 느긋하다.

천체 관측을 하지 못하니까 그냥 시간이 남아돈다고도 할 수 있다. 오빠는 거실 소파에 앉아서 책을 읽고 있었다.

나는 통금인 8시를 겨우 15분 넘겼다고 엄마한테 잔뜩 혼이 나는 바람에 부루퉁해져서 저녁을 먹었다.

내가 밥을 먹는 동안, 엄마는 일부러 바빠 죽겠다는 듯이 설거지를 했다. 아빠는 당연히 오늘도 야근이었다.

"안. 내년, 2009년에 있을 개기일식은 일본에서도 볼 수 있대."

여자끼리 분위기가 이렇게 험악한데 오빠는 눈치 없는 소리를 했다. 이런 얼빠진 면이 오빠의 장점이기도 하다. 오빠를 보면, 분위기 파악이 아주 시시한 일처럼 느껴지곤 했다.

"안. 그다음에 있을 개기일식은, 26년 후인 2035년이야."

"그렇구나, 한참 기다려야 되네."

나는 돈가스를 입에 가득 물었다.

"2035년 다음에는 2042년. 내가 쉰세 살일 때, 어어, 안이 지금 열네 살이니까 마흔여덟 살이겠다."

"그러게."

무심히 대답한 후에 퍼뜩 깨달았다.

아빠와 엄마는 볼 수 있을까?

조금 슬펐다.

그런데 오빠는 아무렇지도 않게 주절댔다.

"그다음인 2063년은 안이 예순아홉 살이고 나는 일흔네 살이네. 이때까지는 나도 잘하면 볼 수 있을 것 같은데 2070년에는 어떨까. 그래도 안은 일흔여섯 살이니까 여유롭게 볼 수 있을 거야. 어쩌면 2089년의 개기일식 구경도 꿈이 아닐지 몰라. 여자가 더 오래 사니까."

고마워. 그렇지만 오빠, 살아 있어도 아마 나는 개기일식을 안 볼 것 같아.

그리고 아빠와 엄마는 완전히 이 세상에 없겠지.

그날 밤, 나는 노닷치를 생각했다.

내일도 교실에 혼자 덩그러니 있을 노닷치를 봐야 한다고 생각하니 기분이 가라앉았다. 내 기분을 망치는 노닷치가 짜증스럽기까지 했다.

그런 나를 용서할 수 없다.

가끔 진지하게 이런 생각을 한다.

차라리 선생님이 친구와 사이좋게 지내는 것을 금지해주면 좋겠다.

쉬는 시간에는 무조건 앞을 보고 앉아 있고, 입을 꾹 다물고 수업을 받고, 전교생이 혼자 밥을 먹는 규칙이다. 무리를 이루어 친구와 사이좋게 지내면 교칙 위반, 교장 선생님이 학부모에게 엄중하게 주의를 주는 것이다.

만약 그랬다면 학교는 끔찍하게 지겨울 것이다.

그래도 지금보다 편할지도 모른다.

반이 바뀔 때마다 친구를 사귀느라 혈안이 될 필요도 없다. 순간순간 분위기를 파악하지 않아도 된다. 혼자 있어도 불쌍하다고 여겨지지 않는다. 모두가 혼자라면 외톨이인 사람도 없다. 모두가 외톨이니까. 만약 그렇게 되면 노닷치는 이제 괴롭지 않을 텐데.

따돌림을 완벽하게 막으려면 쉬는 시간도, 통학하는 도중에도 우리를 철저히 감시해주면 될 텐데 말이다. 교통 상황을 파악하는 것처럼 누가 누구와 얼마나 대화했는지, 누가 누구와 얼마나 대화하지 않았는지 살펴줬으면 좋겠다. 그리고 평등하게 대화를 분배해주는 것이다. 그러면 누구도 외톨이가 되지 않고 누구도 괴롭힘을 당하지 않는다. 나는 교실에서 외롭게 혼자 있는 아이를 보지 않아도 될 테고.

오늘, 노닷치에게 우산을 빌려주겠다고 말하지 못했다.

나는 "노닷치, 바이바이"라는 말밖에 하지 못했다. 우산을 빌려줄 수 있었는데. 같이 다니는 미즈호가 우산을 갖고 있었으니까.

그런데 지금 노닷치에게 친절하게 대하기는 두려웠다. 오늘 친절하게 대해도 내일이면 우리는 서로 다른 은하계 소속이다.

나는 미즈호와의 관계를 지키는 것이 중요하다. 노닷치까지 껴서 셋이 도시락을 먹을 순 없다. 먹고 싶지 않다. 노닷치가 싫어서가 아니라 나와 미즈호의 세계에 노닷치가 들어오는 것이 싫다.

만약 노닷치와 어울리더라도 내일도 어울리자고 약속할 수 없다.

내일 일을 약속하지 못하니 오늘 친절하게 대할 수가 없다. 그런 내가 더럽게 느껴졌다. 노닷치를 따돌린 아이들에게 끔찍한 일이 생겼으면 좋겠다.

정신을 차리고 보니 벌써 새벽 1시였다.

빗줄기가 드디어 약해졌다.

오늘 밤은 에어컨을 켜지 않아도 시원할 정도였다. 주스라도 마시려고 복도로 나왔다가 오빠와 딱 마주쳤다.

"안, 아직 안 잤어?"

목욕을 마친 오빠에게서 비누 향기가 났다.

"응, 잠이 안 와서. 주스라도 마시려고."

"아, 나도 한 잔만 줄래?"

"알았어."

오빠 방에 주스를 들고 가자, 오빠는 책상 앞에 앉아 망원경을 청소하고 있었다.

"자, 사과 주스."

"고마워."

오빠는 가족에게도 고맙다는 말을 잘한다. 나는 부끄러워서 못 하는데.

"하아."

"왜 그래, 안. 왜 한숨을 쉬고 그래?"

"그냥, 좀. 왠지 중학교는 참 귀찮다 싶어서."

"그렇지, 그런 면이 있어."

오빠는 고개를 끄덕였다.

"오빠도 나처럼 생각했어?"

"중학교도 고등학교도 수험 공부를 하느라 별 관측을 좀처럼 하지 못했으니까."

역시 그쪽인가.

"오빠, 나, 아주 멀리 가고 싶어. 아예 우주 같은 데? 차라리 다른 별에 살고 싶어. 목성 같은."

오빠가 깜짝 놀라서 렌즈를 닦던 손을 멈추고 말했다.

"목성에 살고 싶다니, 그건 무리야, 안."

"농담이야. 아무리 나라도 무리인 것쯤은 안다고."

"그렇지, 깜짝 놀랐네. 목성은 가스 행성이라고 해서 수소와 헬륨으로 이루어졌거든. 땅이 없으니까 살 수 없어."

아니요, 그게 아니라고요. 어쨌든 목성이 그렇구나, 그건 미처 몰랐다.

"안, 화성이라면 분명히 살 수 있을 거야."

아니, 그러니까 그런 게 아니라고.

"화성의 하루는 지구보다 37분 정도 기니까 별 차이가 없어. 이거, 꽤 중요한 문제지?"

그러네요, 그럴지도 모르겠습니다…….

"실수로라도 천왕성은 안 돼. 천왕성은 약 40년 가까이 태양이 계속 떠 있고, 또 그 후에 40년 가까이는 태양이 가라앉아 있으니까. 40년이나 태양에 이글이글 타오르고 40년이나 태양이 없는 곳에서 덜덜 떨면 체력이 버티지 못해. 하긴, 천왕성도 가스 행성이니까 어차피 못 살겠지만."

오빠는 기뻐하면서 자랑스러운 듯이 웃었다. 지금 한 말이 오빠 나름의 농담이었고 잘 먹혔다고 여기는 표정이었다. 어쩔 수 없이 나도 힘없이 웃어주었다.

오빠는 다정한 표정으로 말했다.

"역시 지구가 제일이야. 공기도 있고."

"그래도 지구에서는 매일 짜증스러운 일이 일어난단 말이야. 게다가 중학교는 답답하고."

"그건 그래."

오빠는 열심히 고개를 끄덕였다.

"맞아, 안. 답답해. 당연히 답답하지. 그렇게 작은 건물 안에 아이들을 몰아넣고 있으니까. 우주 규모로 보면 어이없을 만큼 답답해, 중학교는."

오빠는 일어나서 창문 방충망 너머로 밤하늘을 올려다보았다. 어느새 비가 그쳤다. 책상 위 사과 주스 컵에 담긴 얼음이 달칵 소리를 냈다. 오빠는 마른 몸에 은은한 색의 티셔츠를 걸치고 있었다. 자세히 보니 생각보다 어깨가 넓었다.

오빠가 당연히 답답하다고 말해줘서 기뻤다. 아마도 나는 누군가가 그렇게 말해주기를 바랐나 보다.

"맞아, 진짜 답답해서 막 뛰쳐나가고 싶을 때가 있어."

"안. 우주는 저렇게나 넓은데 우리는 또 정말 답답하지. 그런데 이거, 대단한 기적이기도 해."

"기적?"

"안. 직녀성이라는 별, 아니?"

"견우와 직녀 할 때 직녀?"

"그래. 직녀성은 베가라고 불리는 데, 사실은 우주인이 살지도 모른다고 추측되는 별이야."

"어, 진짜?"

"어떤 미국 천문학자가 쓴 소설에는 베가에서 지적 생명체가 신호를 보낸다는 설정이 있어."

오빠가 장난스럽게 웃었다.

"설정이라면, 있다고 확신하는 건 아니네?"

"응. 아직 몰라. 혹시 있더라도 인간 같은 지적 생물은 아닐 것 같아."

"왜?"

나는 물었다.

"베가는 지구보다 젊은 별인데 수명은 훨씬 짧아. 만약 생물이 탄생하더라도 인간 같은 지적 생명체까지 진화하지는 못할 거야."

"시간이 부족하다는 거?"

"맞았어, 안."

오빠가 대답했다.

"있잖아, 오빠. 지구가 만들어지고 인간이 탄생할 때까지 시간이 얼마나 걸렸어?"

나는 물었다.

"우주에서 지구가 탄생한 시기는 약 46억 년 전인데, 그때부터 아주 긴 시간이 흐르는 동안 생물은 조금씩 진화했어.

안, 인간은 언제쯤 탄생했을 것 같아?"

"음, 30억 년 전 쯤?"

"안, 인간이 탄생한 시기는 겨우 약 400만 년 전이라고 해."

"준비 시간이 너무 길잖아."

내가 중얼거리자 오빠가 웃었다.

"준비가 적절한 표현인지 아닌지는 제쳐두고, 그래, 아주 오랜 시간이 걸렸어. 게다가 우주가 탄생한 것은 약 137억 년 전이라고 하니까 그야말로 어마어마한 시간이 흐른 끝에 우리는 이 지구에서 누군가와 만나는 거지. 답답하더라도 이건 대단한 일이라고 생각해."

다음 날 아침은 맑았다. 아스팔트 길도 여름 태양의 햇살을 받아 바싹 말랐다.

오늘 아침, 엄마는 고작 내가 늦잠을 잤다는 이유로 땀을 뻘뻘 흘려대면서 화를 냈다.

"지구 역사가 46억 년인데 겨우 20분 지각하는 게 뭐 어때서?"

내가 말하자 너랑 우주는 관계가 없다는 소리가 돌아왔다. 우주는 오빠의 전유물이 아닌데.

학교까지 달려가는 것은 포기했다. 이렇게 더운데 달렸다

가는 도착할 때쯤 등과 옆구리에 땀자국이 날 것이다. 어차피 지각이다. 지금 서둘러도 어쩔 수 없다. 평소보다 더 느릿느릿 학교로 향했다.

미즈호는 지금쯤 걱정하고 있겠지. 우리는 교실에서 단둘이 구성한 은하니까. 그래도 괜찮아, 미즈호. 나는 학교로 가고 있어.

교문에는 학생지도 선생님도 서 있지 않았다.

수업이 이미 시작한 학교 건물. 선뜩한 복도에는 아무도 없고, 어느 교실에선가 선생님의 목소리가 들렸다. 계단 구석에 커다란 먼지 덩어리가 굴러다녔다.

노닷치는 분명 오늘도 혼자겠지.

영 낫지 않는 구내염처럼, 노닷치를 생각하면 마음이 따끔따끔했다.

교실 뒷문으로 살금살금 들어가자, 이과반 수업 담당인 기우치 선생님이 괜찮은지 물었다.

"네, 이제 괜찮아요."

나는 대답했다.

엄마가 빈혈로 지각한다고 미리 담임 선생님에게 연락해주었다. 그런 거짓말쯤이야 식은 죽 먹기다. 나는 상황에 따라 어른 흉내를 잘 낸다.

내 자리에 앉기 전에 미즈호의 책상에 쪽지를 살며시 놓았다. 앉아서 뒤를 돌아보자, 미즈호가 이쪽을 보며 작게 브이 사인을 보였다. 그냥 늦잠을 잤을 뿐이고 오다가 100엔 동전을 주웠다고, 아까 실내화실에서 썼다.

결국, 수업 시간 내내 잠이 쏟아져서 눈을 뜬 채로 잘 수 있는 사람이 부러웠다. 초등학교 5~6학년 때 친했던 도모는 눈을 반쯤 뜨고 자는 모습을 보이기 싫다면서 수학여행 때 아이마스크를 가져왔다. 아침에 자고 있는 도모의 눈을 확인하려던 애와 내가 약간 다툰 적도 있었다.

방과 후, 농구부 연습을 하러 가는데 구름다리 복도를 지나 실내화실로 오는 노닷치가 보였다. 밖에서 매미 소리가 시끄럽게 들렸다.

나는 실내화실에서 농구화로 갈아 신으며 일부러 느릿느릿 끈을 묶었다.

친구와 사이좋게 지내기 금지.

전교생은 혼자 도시락을 먹는 규칙 준수.

무리를 지으면 교칙 위반.

그런 교칙이 있어도 좋으니까 노닷치를 구해주고 싶다고

생각하면서도 나는 아무것도 하지 못한다.

그래도 지금, 여기서 노닷치를 기다리고 있다. 심장이 쿵쿵 뛰었다.

"안, 아직 멀었어?"

농구부 친구들이 밖에서 나를 불렀다.

"잠깐만, 금방 갈게!"

몸을 일으켰을 때, 노닷치가 바로 옆까지 왔다. 겨우 1미터 앞까지.

"아, 노닷치. 바이바이."

아무렇지 않게 말을 걸고 나는 부원들에게 달려갔다.

지금은 이 정도밖에 할 수 없다.

나는 나약했다. 그래도 이것만은 할 수 있다.

노닷치가 따돌림을 당해서 상처받은 내 감정. 노닷치에게는 전해지지 않는다. 노닷치는 이 감정을 영원히 모를 것이다. 그 래도 나는 "노닷치, 바이바이"라고 말할 수 있다.

하늘이 맑고 화창했다.

하늘 저 높은 곳에 넓고 넓은 우주가 펼쳐진다.

수많은 은하계 중 한 은하계에 속한 태양계 제3행성인 지구 안, 도쿄 한구석의 중학교 실내화실, 1미터 앞에 있는 반 친 구. 나는 노닷치에게 "노닷치, 바이바이"라고 말해야만 한다.

계속 말할 것이다. 노닷치는 여기에 있으니까. 그건 하나의
기적이니까.

　연습을 시작하기 전, 농구장의 돌을 주우며 나는 명왕성을
생각했다.

　명왕성은 보이지 않게 된 것도 없어진 것도 아니고, 분명히
우주에 존재한다고.

3장
보라색 저녁놀

아빠가 회사를 쉬었다.

열이 이삼일씩 내리지 않아도 계속 회사에 출근했는데 오늘 아침에는 일어나지 못했다.

"아빠 오늘 회사 쉬는 거야?"

부엌에서 계란프라이를 만드는 엄마에게 슬쩍 물었다. 사실은 "아빠, 괜찮아?"라고 묻고 싶은데 걱정하는 티를 내기가 부끄러웠다. 부끄러워할 일이 아니지만 엄마에게 걱정하는 모습을 보이기 싫었다.

"열이 좀 높은데 내일 토요일이니까 푹 쉬면 괜찮아지겠지. 아마 여름을 나면서 지쳐서 그럴 거야."

"으응."

"해열시트 좀 사 올 테니까, 밥은 네가 퍼서 먹을래?"

엄마가 계란프라이를 접시에 담았다. 잘게 썬 파가 들어 있었다. 여전히 파의 크기는 제각각이었다.

"오빠는?"

"벌써 학교에 갔지. 얘, 안. 오늘 동아리 활동 쉴 수 없니?"

"안 돼."

"엄마, 도저히 파트타임 일을 뺄 수 없어서 그래. 아빠 혼자 있으면 안됐잖니."

"겨우 파트타임인데 쉬면 되잖아."

"겨우 파트타임이라니. 파트타임이니까 못 쉬는 거야. 지난주에도 학부모회 때문에 쉬었잖아? 그러니까 오늘은 오전에도 일하고 오후까지 쭉 일해야 해. 엄마도 너무 무리한 요구를 할 순 없어."

"나도 안 된단 말이야."

엄마는 무슨 말을 더 하려고 하다가, "밥, 꼭꼭 씹어서 먹어"라고 말하고 해열시트를 사러 갔다.

불가능했다.

아빠한테는 미안하지만 오늘은 동아리 활동을 절대로 쉴 수 없다. 방과 후에 '지옥 마라톤'을 하는 날이란 말이다.

지옥 마라톤은 가을 시합을 앞두고 심기일전하기 위해 농구부가 벌이는 연례 행사다. 3학년이 은퇴하고 우리 2학년이 주도하는 첫 행사이기도 했다.

둑을 달린 뒤, 길고 긴 언덕과 신사의 높은 계단을 달린다. 작년에 계단을 오르며 숫자를 센 아이가 있는데, 488계단이라고 했다. 신입생이 들어올 때마다 선배들은 이 지옥 마라톤 이야기를 꺼내곤 했다.

실제로 달려봤더니 상상했던 것보다 즐거웠지만, 우리도 선배가 되자 "지옥! 지옥이야!" 하고 후배를 겁주며 즐거워했다. 달리면서 파이팅, 파이팅 하고 큰 소리로 계속 외쳐야 하는 건 뭐, 힘들긴 했지만……

이런 행사, 참가하지 않아도 된다면 당연히 안 하고 싶다. 쉴 수 있다면 쉬고 싶었다.

그러나 참가하지 않으면 불이익이 아주 컸다.

작년에 감기에 걸려서 빠진 다카코는 아직도 온전히 용서받지 못했다. 물론 농구부원들 누구도 화를 내지는 않았다.

"지옥 생각이 난다."

"그래도 언젠가 좋은 추억이 되겠지."

그저 이런 대화를 다카코 앞에서 시도 때도 없이 해야 한다는 생각이 나를 포함한 부원들의 머릿속에 콱 박혔다. 행사에 빠진 다카코를 조금 괴롭히고 싶은 것이다.

아마 다카코는 오늘 할 '지옥 마라톤'을 고대하고 있을 것이다. 1년 내내 눈칫밥을 먹었으니까.

어제 동아리 활동을 마치고 운동장에서 돌아오면서 내가,

"아아, 내일 땡땡이 치고 싶어."

라고 말하자, 주변에 있는 아이들 전부 "아아!" 하고 절규하며 적극적으로 동의했다.

나는 땡땡이를 칠 생각이 없어서 한 말인데, 오늘 정말로 쉬었다가는 그냥 땡땡이를 치고 싶었던 사람이 되고 만다.

그러니까 오늘은 동아리 활동을 해야 한다. 꼭 해야 한다.

열이 나도 회사를 쉬지 못했던 아빠.

아빠가 누워 있어도 파트타임을 쉬지 못하는 엄마.

딸인 나는 동아리 활동을 쉬지 못한다.

이 별에는 쉬지 못하는 사람이 얼마나 많을까?

학교에 도착하자마자 교복의 리본을 풀었다.

"1교시가 체육 시간이라니, 심술도 이런 심술이 어디 있을까."

미즈호가 옆에서 체육복으로 갈아입으며 투덜댔다.

"응. 그리고 4교시 체육도 싫지 않아?"

"그것도 싫어. 점심시간이 짧아지니까. 그리고 남자애들 땀 냄새를 맡으며 도시락을 먹는 것도 좀……."

미즈호의 불평에 옆 반 미사키가 끼어들었다. 미즈호와 같은 육상부 소속이다.

"맞아! 남자애들 땀 냄새 너무 심하지. 너희는 이쪽 교실이니까 괜찮지만 우리는 남자애들이 옷을 갈아입는 교실이잖아. 늘 텁텁한 냄새가 난다니까."

체육은 옆 반과 합동 수업이라 옷을 갈아입을 때 홀수 반이 여자, 짝수 반이 남자의 탈의실이 된다. 짝수 반 여자애들은 모두 남자 냄새에 짜증을 내곤 했다.

정말로 체육 시간이 끝난 뒤에 남자애들은 냄새가 좀 난다.

점점 어른 남자가 되어가는 것이다. 우리 여자와는 다른 냄새였다.

복도에서 남자애와 스치면서 그 냄새를 맡을 때면 문득 '아' 하고 탄식하게 된다. 생리가 시작하고 가슴이 점점 커지니까 우리만 어른의 세계로 떠밀려가는 것 같은데, 남자애들에게서 남자 냄새를 느낄 때면 그들 역시 서서히 어른으로 성장하는구나 싶어서 안심한다. 동지처럼 느껴졌다.

그렇다고 죽었다 깨도 어른이 되고 싶진 않다. 어른이 되어
버리면 미래가 뻔하니까.

나는 아직 뭐가 되고 싶은지 모르겠다.

그냥 꿈을 꾸는 것이 좋았다. 아직 미래를 사용하지 않았으
니 지금은 어른보다 훨씬 낫다고 생각한다.

그러나 중학생이라는 신분에도 슬슬 진절머리가 나서, 어
쨌든 지금은 고등학생만 되면 매일 즐거운 일만 있을 거라고
믿으려 한다.

이 시기라면 체육 시간에 보통 수영을 하는데, 오늘 수업은
단거리 달리기였다. 어떤 학생이 수영장 배수조를 망가뜨렸
기 때문이다. 범인은 아직 밝혀지지 않았는데, 선생님들은 누
군지 짐작하고 있을 것이다. 수영장은 수리 중이어서 물이 한
방울도 없었다.

수영장 사건이 발각된 날, 긴급히 전교생을 소집한 교장 선
생님은 한바탕 화를 낸 뒤에 이렇게 슬픈 일이 어디 있느냐며
한탄했다. 너희가 왜 이런 짓을 하는지 이해할 수 없다고.

'너희' 중 한 명으로서 나는 교장 선생님에게 알려주고 싶
었다.

이렇게 수업까지 취소하고 전교생을 소집하니까 그러는 거
라고. 어른이 정한 시간표를 움직이는 것은 세계를 움직이는

것과 같다. 우리의 세계는 그 정도로 작고 좁았다.

단거리 달리기 수업에서는 50미터 달리기 기록을 쟀다.

다리가 빠른 애들은 멋있다. 미즈호는 여자애 중에서 두드러지게 빨랐는데, 5위로 떨어져도 좋으니까 달리기 기록을 영어 점수에 더해줬으면 좋겠다고 했다. 그렇게 해서 영어 점수가 몇 점으로 오르는지 잘 모르겠지만, 그런 제도가 있으면 좋을 것 같다. 나는 달리는 속도도 영어도 중간 정도로, 다른 과목은 평균보다 약간 아래다. 게다가 얼굴도 평범하고……. 여기서 빼서 저기 더하는 제도가 있어도 이용하지 못할 것이다. 물론 말만 그렇지, 육상부 에이스인 미즈호가 5위에 납득할 리가 없다.

1교시 체육이 끝나고, 2교시 국어, 3교시 수학 그리고 4교시 음악 시간쯤에 나는 확실히 다짐했다.

오늘 동아리 활동은 쉬어야지.

지옥 마라톤에는 참가하지 않겠다.

사실은 아침에 집을 나설 때부터 그럴 생각이었는지도 모르겠다.

5교시 영어 수업이 시작되고 10분쯤 지났을 때였다. 하려면 지금뿐이다. 손을 들어 선생님에게 말하는 거다. 몸 상태가 좀 안 좋은데 보건실에 가도 되겠느냐고.

방과 후의 지옥 마라톤을 쉬려면 주변 사람들을 속이는 수밖에 없었다. 그러기 위해서 도시락은 3분의 1 정도 먹다가 남겼고, 기분이 좋지 않다고 말하고 점심시간에는 책상에 엎드려 있었다. 미즈호가 걱정하며 매점에서 오렌지 주스를 사다 줬다. 너무 미안했지만 이럴 수밖에 없었다.

아빠는 열이 38도나 되는데 집에 혼자 있다.

내 열이 38도였다면 엄마는 분명 파트타임을 쉬고 돌봐주었을 것이다. 그러나 아빠는 어른이니까 혼자 버텨야만 한다. 아침에는 어쩔 수 없다고 생각했는데, 시간이 지날수록 아빠가 자꾸만 불쌍했다. 자기가 죽으면 집 대출금이 사라지는 보험에 들어놨다고 말하는 아빠다.

목이 마르진 않을까. 차가운 사과 주스, 마시고 싶지 않을까. 자고 있을까, 아니면 창 너머로 보이는 푸른 하늘을 멍하니 바라보고 있을까.

초등학생 때.

미술 시간에 그린 그림을 선생님이 칭찬해줘서 나는 한껏 들뜬 기분으로 서둘러 집에 돌아와 엄마에게 보여주었다.

"어머, 잘 그렸네. 아빠 퇴근하면 보여드리자."

엄마는 그렇게 말하고 진열장 위에 그림을 살며시 올려두었다. 저녁에 동아리 활동(물론 천문부)을 마치고 집에 온 오빠가 그림을 보고 말했다.

"안, 이 그림의 계절은 언제야?"

"봄이야. 봐봐, 여기 유채꽃이 피었잖아."

내가 손가락으로 가리키며 말하자, 오빠는 팔짱을 끼고 묘한 표정을 지었다.

"안, 그럼 저녁놀이 붉으면 이상해. 잘못되었어."

"응?"

"이 시기에 저녁놀은 노란색이야. 빨간 저녁놀은 늦가을 바람 부는 계절에 볼 수 있거든."

"괜찮잖니, 가즈키. 그림이니까 저녁놀이 빨간색이든 노란색이든 보라색이든. 그렇지, 안?"

엄마가 황급히 도움의 손길을 뻗었지만, 애 취급하는 말투에 속이 상해 울음이 터질 것만 같았다.

"나, 보라색 저녁놀 같은 거 안 그렸어!"

"엄마도 알아, 그래, 보라색은 그냥 말이 그렇다는 거지."

엄마가 달랬다.

"안, 미안해. 그냥 잘못된 점이 있어서 가르쳐주려고 했을 뿐인데."

오빠가 또 잘못되었다고 말해서 나는 결국 눈물을 흘리고 말았다. 모처럼 멋있게 그렸는데. 선생님이 칭찬해줬는데.

"저녁놀은 빨개, 빨간색이면 된다고! 그리고 보라색 저녁놀 같은 거, 난 안 그렸어. 안 그렸지만 혹시 있을지도 모르잖아!"

부엌 바닥에 누워 엉엉 울고 있는데 머리 위에서 아빠의 목소리가 들렸다.

"있단다, 안나."

퇴근한 아빠가 내 얼굴을 들여다보며 진지한 표정으로 말을 걸었다. 아빠는 내 이름을 '안'이라고 줄여 부르지 않고 어려서부터 '안나'라고 불렀다.

"아빠는 본 적이 있어, 안나. 보라색 저녁놀."

이번에는 오빠가 반론했다.

"없어요, 그런 거. 나는 본 적이 없어."

"하지만 아빠는 봤어."

"언제?"

"1975년에."

중학생 때의 오빠는 아빠와 말을 하지 않았으니까, 나는 둘이 대화하는 것이 기뻐서 얼른 눈물을 닦고 아빠에게 물었다.

"아빠가 몇 살 때?"

"열다섯 살. 지금 가즈키와 동갑일 때."

"그거 봐, 오빠, 아빠가 봤대. 보라색 저녁놀을 봤대. 오빠랑 같은 열다섯 살 때."

"어디에서?"

오빠가 무뚝뚝하게 아빠에게 물었다.

"도쿄에서. 하늘이 참 신비로웠지."

아빠는 넥타이를 풀며 부엌 의자에 앉았다.

"가즈키, 들어본 적 없니? 1975년의 보라색 저녁놀."

"없어요, 왜 그런 색이 된 건데?"

"한 해 전에 과테말라의 푸에고 화산이 분화한 영향을 받았다더구나."

이렇게 점점 전문적인 이야기로 들어가더니 나와 엄마를 따돌리고 둘은 이런저런 책을 들추며 이야기에 푹 빠졌다.

그때, 엄마는 기뻐 보였다. 나는 그림 관련해서는 아직 납득이 가지 않았지만 뭐, 이제 됐다는 기분이었다.

기회는 갑자기 찾아왔다.

교과서도 펼치지 않고 아빠 생각에 잠겨 있었더니, "오구라" 하고 선생님이 나를 불렀다.

"다음 페이지를 읽어보렴."

나는 반사적으로 일어나 영어 교과서를 팔랑팔랑 넘겼지만, '아아, 지금이다. 지금이 쓰러질 절호의 기회야'라고 생각하고 그 자리에 주저앉았다. 노트와 필통을 일부러 바닥에 떨어뜨리며 야단스럽게.

괜찮아?

이런 목소리와 동시에 미즈호가 날아와서,

"선생님, 오구라가 몸이 안 좋아요. 아까 도시락도 못 먹을 정도였어요!"

라고 말하며 등을 쓸어주었다.

나는 그대로 보건위원과 함께 보건실로 갔다. 남자 농구부의 부주장인 나가사키가 같은 반이니까 이 '사건'은 농구부 전체에 분명히 전달될 것이다.

5교시 도중에 보건실에 간 나는 모든 수업이 끝날 때까지 침대에 누워 있었다.

학교에 있으면서 누워 있는 내 몸은 왠지 내 것이 아닌 듯했다. 머리가 침대에 빨려들 것 같은 이상한 감각이었다. 운동장에서 들리는 체육 선생님의 목소리가 현실이 아닌 것처럼 멀리서 들렸다.

종이 울리고 얼마 지나지 않아 농구부 애들이 보건실까지 상태를 보러 왔다.

"좀 쉬어서 괜찮아졌으니까 마라톤은 할 수 있어."

내가 그렇게 말하고 일어나려고 하자, 후지오카 보건 선생님이 "무슨 말도 안 되는 소리니!" 하고 화를 내더니, 내게 당장 집으로 가라고 말했다.

아무도 꾀병이라고 의심하지 않으리라는 자신이 있었다.

혹시 나 배우 재능이 있나?

우쭐해질 정도였다.

하굣길에 집 근처 편의점으로 갔다. 아빠를 위해 종이 팩에 든 사과 주스와 컵에 든 바닐라 아이스크림(비싼 거)을 바구니에 넣었다. 감기에 걸렸을 때 먹으면 목이 차가워져서 기분이 좋을 테니까.

내 것도 사고 싶었지만 돈이 부족해서 어쩔 수 없이 나무 막대가 달린 저렴한 아이스캔디를 샀다. 아이스캔디는 언제나 우리의 친구다. 비록 과즙이 1퍼센트밖에 안 된다 하더라도.

편의점에서 집까지는 약 100미터.

햇빛이 아직 강했지만 한여름보다는 기세가 꺾였다.

곧 아빠의 생일이다. 별자리가 처녀자리여서 어렸을 때는 부끄러웠다고 전에 아빠가 말했다.

"다녀왔습니다."

집은 조용했다. 엄마는 아직 패밀리레스토랑에서 일하는 중일 것이다.

"들어갈게."

부모님 침실 문을 가볍게 노크하고 들어가자, 아빠가 누운 채로 "어서 오렴" 하고 웃었다. 커튼 사이로 햇빛이 들어왔다. 석양 때문에 방이 찜통 같은데 에어컨 온도가 높게 설정되어 있었다. 아빠는 여름용 천 이불을 가슴까지 끌어올리고 있었다. 이마에는 해열시트가 붙어 있었다.

"학교 벌써 끝났어? 아빠가 꽤 오래 잤구나."

"몸은 좀 어때?"

"꽤 괜찮아졌어."

"열, 아직 있어?"

"글쎄, 잘 모르겠네. 내리지 않았을까.

아빠의 입 주변에 엷게 수염이 자라 있었다. 방 안에는 '남자'라기보다 '아저씨' 냄새가 충만했다.

"아이스크림 먹을래?"

"안나가 사 왔니? 미안하구나."

"아니야. 나도 먹고 싶었으니까."

아빠는 천천히 일어나 컵 아이스크림을 받았다.

아빠 혼자 아이스크림을 먹으라고 두기 불쌍해서 나도 그 자리에서 아이스캔디를 뜯었다.

"앉아서 먹지 그러니."

아빠가 말했다.

"괜찮아, 이게 편해."

앉으면 대놓고 간호한다는 느낌이 나서 부끄러웠다. 문 바로 옆 벽에 기대 나는 아이스캔디를 깨물었다.

"맛있구나, 차갑고."

등을 둥글게 말고 아이스크림을 먹는 아빠는 평소보다 나이 들어 보였다. 편의점에서 받은 플라스틱 스푼이 아니라 집에 있는 숟가락을 줄 걸 그랬다고 생각했다.

"아빠, 올해 몇 살이야?"

"마흔일곱."

"흐응."

"중년이지."

"뭐, 그렇지."

"마흔네 살이 된 안나는 어떤 사람일까?"

"안 될 거야."

"왜?"

"되고 싶지 않으니까."

"어른이 되는 게 싫니?"

"싫어. 진짜 싫어. 절대로 되고 싶지 않아."

"그렇구나."

아빠가 살짝 웃었다. 어린애 취급을 받은 것 같았다.

"어른은 재미없어 보여."

불쑥 그렇게 말해놓고서 아빠한테 잘못하는 것 같아서 덧붙였다.

"사실 중학교도 재미없어. 빨리 고등학생이 되어서 계속 고등학생이면 좋겠어. 어른은 되고 싶지 않아."

"그렇구나, 아빠도 어른이 되고 싶지 않다고 생각할 때가 있어."

아빠가 신기한 말을 했다. 이미 어른이면서.

"어른이 되고 싶었던 어른은 어쩌면 거의 없지 않을까 싶어. 자기도 모르게 어른이라고 불리기 시작해서 다들 꽤 놀라지 않았을까."

아이스캔디가 무시무시한 속도로 녹기 시작해서 나는 서둘러 먹어치웠다. 그래도 아빠의 말을 더 들어주어도 괜찮겠다고 생각했다.

"안나. 보이저라고 아니?"

"로켓 아니야?"

"그래. 보이저는 1977년, 아빠가 고등학생일 때 쏘아 올린 탐사선이야."

"흐응."

"그 녀석은 태양계에 있는 여러 별의 데이터를 지구로 보내면서 여전히 우주를 날고 있어. 지금은 태양계를 뒤로하고 미지의 세계를 향해 날아가고 있지."

"그런데?"

"그 보이저에는 레코드가 실려 있어."

"레코드?"

"그래, 예순 개가 넘는 나라의 인사말과 동물 울음소리, 바람 소리를 비롯한 지구의 다양한 소리가 들어 있어."

아빠의 목소리는 감기 때문에 쉬어 있었다. 침대 베갯머리에 빈 컵과 읽던 소설 한 권이 놓여 있었다.

"왜 그랬는데?"

"왜 그랬다고 생각하니?"

"글쎄."

아무 생각도 나지 않았다.

"우주 어딘가에서 누군가 그걸 발견하고 들어줄지도 모른다고 생각한 거야."

"누군가라니…… 혹시 우주인?"

"음, 아마 그렇겠지."

아빠는 다 먹은 아이스크림 컵의 바닥을 들여다보았다.

"안나, 재미있지 않니? 어른인데 그런 생각을 하다니."

"응."

"어른이라면 우주인이 레코드를 손에 넣는 일은 없으리란 사실쯤은 알고 있겠지. 하지만 그렇게 해보려고 생각한 것도 어른이야."

"초등학생 같아."

"그렇지, 맞아. 어린애 같지. 아빠도 조금만 더 있으면 쉰 살이라는 게 믿기지 않을 때가 있어. 바로 얼마 전까지 열네 살이었던 것 같기도 해."

"이상해."

"이상하지. 아저씨인데 말이야. 봐봐, 요즘 머리숱도 좀 줄어들었고."

아빠가 웃으며 누웠다. 아직 몸이 힘들어 보였다.

"이제 좀 자. 사과 주스도 사 왔어."

"그래, 잠깐 자야겠다. 맛있었어, 고맙구나."

부엌에서 새 해열시트를 가져와 아빠에게 건네자, 아빠는 또 "고마워"라고 말하고는 눈을 감았다.

밤이 되자 아빠의 열은 거의 내렸고, 엄마가 만든 죽(밥솥의 죽 버튼을 누르기만 한 거)을 한 그릇 더 달라고 해서 먹었다고 한다. 엄마도 안심한 것 같았다.

"안이 일찍 집에 와서 좋아졌을 거야, 분명."

자애 가득한 미소를 띠고 나를 바라보았다.

엄마는 굳이 그런 말은 하지 않는 법을 배워야 한다. 민망하고 부끄러워서 어떤 표정을 지어야 할지 모르겠단 말이다.

"별로. 오늘 동아리 활동이 취소됐거든."

나는 무뚝뚝하게 대꾸했다. 그리고 저녁을 다 먹자마자 얼른 3층 내 방으로 올라갔다. 미즈호와 농구부 친구들에게서 문자가 와 있었다. 이제 괜찮다고 답을 보냈다. 소록소록 잠이 몰려와 침대에 누웠다.

얼마나 잤을까? 휴대전화를 보니 11시 가까이 되었다. 9시부터 개그 프로그램을 볼 생각이었는데.

목욕을 하려고 2층으로 내려갔더니 오빠가 밥을 먹고 있었다. 금요일에는 과외 아르바이트를 해서 늘 집에 늦게 온다.

여전히 담담하게 음식물을 입에 넣고 있다. 맛있지도 맛없지도 않다는 듯이. 전에 사회과 견학 때 본 누에 유충 같다. 유충들이 뽕잎을 먹을 때 나는 사각사각 소리가 들릴 것만 같았다. 엄마는 부엌에서 쌀을 씻고 있었다.

"엄마, 뭐 없어? 배고파."

"없어, 이제 잘 시간이잖아."

뒤도 돌아보지 않고 엄마가 말했다.

"지금 자다 왔어."

"어중간한 시간에 자면 밤에 못 잔다."

"내일은 토요일이잖아. 응, 뭐 없어? 맛있는 거."

"수박 있어."

"수박이라니."

내 목소리가 불만으로 뒤집어졌다.

"수박이라니는 또 뭐야."

엄마는 쌀을 씻던 손을 멈추고 뒤를 돌아보았다.

"그러니까 푸딩 같은 거."

"푸딩 같은 소리 하고 있네. 아, 있다, 있다. 같이 일하는 기시타 씨가 선물로 받았다고 양갱을 나눠줬어."

"양갱? 그런 거랑은 다르단 말이야."

"그럼 먹지 마, 정말이지."

엄마가 약간 짜증을 내기 시작했을 때, 오빠가 "양갱은 우주식이기도 해"라고 불쑥 말했다.

"진짜?"

나와 엄마는 무심코 입을 모아 되물었다.

"노구치 씨의 메뉴에 들어갔을 거야, 디스커버리호에 탑승한 사람."

"와, 그렇구나. 그럼 오빠, 우주식에는 또 뭐가 있어?"

"다양해, 카레나 스파게티나. 라면도 우주식이 될 수 있어."

"헤에."

엄마가 양갱과 보리차를 들고 와서 나는 냉큼 먹었다. 우주에서 먹는 양갱을 상상하면서.

목욕을 마치고 내 방으로 들어가려는데, 오빠가 자기 방에서 슬쩍 얼굴을 내밀었다.

"안, 달 보고 가지 않을래?

몸을 좀 식히고 싶어서 "그래" 하고 대답했다. 오빠와 같이 옥상으로 올라갔다.

망원경으로 들여다본 달은 동그랬다. 그러고 보니 이 집으로 이사 온 날에도 보름달이었다.

"동그랗다."

"어제가 진짜 보름달이었으니까 사실 조금 기울긴 했어."

"흐응. 오빠는 달도 좋아하는구나."

"그렇지, 좋아해, 역시."

달은 말끔한 얼굴로 밤하늘에 두둥실 떠서 빛났다.

나는 말했다.

"달은 속 편해서 좋겠어, 계속 하늘에 떠 있기만 하면 되니까. 변하지 않아도 되잖아."

오빠는 끄응, 신음하더니 팔짱을 꼈다.

"있지, 안. 달은 지구에서 점점 멀어지고 있어. 1년에 약 3센티미터씩."

"정말로?"

"응. 아주 오랜 세월에 걸쳐서 달은 지구에서 멀어지고 있어. 45억 년 전의 달은 지금보다 훨씬 가까이 있었으니까 아마 스물다섯 배쯤은 크게 보였을 거야."

"너무 큰 거 아니야?"

"그렇지, 엄청나게 크지. 너무 커서 하늘에서 떨어질 것처럼 보이지 않았을까? 대단했겠지. 어떤 광경일지 상상만 해도 다리가 얼어붙는 기분이야."

계속 멀어지면 마지막에는 어떻게 될까?

이야기가 길어질 것 같아서 물어보진 않았지만, 나는 달이 왠지 불쌍했다. 지구에서 멀어지는 달도, 어른이 되어가는 나도. 몹시 불쌍했다.

다음 주, 농구부에서는 내가 몸이 안 좋아서 보건실에 간 것이 '안겨서 옮겨졌다'고 거창하게 발전해 있었다. 일단 스스로 걸어서 갔다고 바로잡았지만, 이야기가 끝 모르게 부푼 덕에 지옥 마라톤에 참가하지 않은 것은 너그럽게 용서받을 분위기였다.

마라톤에서 1학년 남자애한테 박쥐가 달라붙었다는 이야

기로 모두 깔깔거리며 웃어댔다. 부러웠다. 작년에 감기로 참가하지 못한 다카코가 올해는 의기양양한 표정으로 떠들어댔다.

동아리 활동을 마치고 돌아오는 길에 오빠와 딱 마주쳤다. 딱, 이라고 해야 하나, 뒤에서 "안!" 하고 부르는 목소리가 들려서 돌아보았더니 오빠가 가까운 거리에 서 있었다.

이제부터는 친구와 만날 일이 없으니까 안심하고 나란히 걸었다. 남매가 같이 걷는 모습을 친구에게 들키면 얼마나 부끄러울까.

오늘 오빠는 '53'이라는 숫자가 크게 적힌 연녹색 티셔츠를 입고 있었다. 이 숫자가 대체 무슨 의미인지, 옷을 산 엄마도 입고 다니는 오빠도, 물론 나도 몰랐다.

"농구는 몇 명이서 해?"

오빠는 공부는 잘하면서 상식적인 걸 잘 모른다. 얼마 전에는 "마카롱이 뭐야?"라고 물었다.

"농구는 한 팀이 다섯 명이야."

"그럼 선발 선수가 딱 다섯 명이야?"

"응. 나는 선발은 아니지만 도중에 교체로 나갈 때가 있어."

풀숲에서 벌레 우는 소리가 들렸다. "매미의 계절도 이렇게 가는구나"라고 말하고 싶어졌다.

나는 요전부터 궁금했던 것을 오빠에게 물었다.

"있잖아, 오빠. 우리 지구가 있는 태양계는 우리은하에 속했다고 했잖아."

"응."

"우리은하에는 태양 같은 항성이 2,000억 개쯤 있다고도 했고."

"그게 왜?"

"그런데 실제로 하나하나 세어본 건 아니지?"

"응, 그렇지."

오빠가 고개를 끄덕였다.

"어떻게 알아? 별의 개수를."

"그건……."

오빠는 오른손 엄지로 턱을 쓸었다. 생각할 때 자주 하는 행동이다.

"추정이야."

"추정?"

"그래. 상황을 바탕으로 가늠하는 거. 천문학자뿐만 아니라 많은 과학자가 큰 숫자를 가늠해볼 때 사용하는 방법이 있는데, '페르미 추정'이라고 해."

"페르미?"

"이탈리아 물리학자 이름이야. 페르미는 어느 날 이렇게 생각했어. '시카고에는 피아노 조율사가 몇 명이나 있을까?' 그러고는 그걸 계산했지."

"계산으로 알 수 있어?"

"알 수 있어, 안. 재미있지 않니? 이 '페르미 추정'을 사용하면 우주에 별이 얼마나 있는지는 물론이고, 그래, 예를 들어 도쿄에 개가 몇 마리 있는지도 대략 알 수 있어."

"어, 개가 몇 마리인지도?"

내가 놀라자, 오빠는 가방에서 볼펜을 꺼내 걸으면서 노트에 계산식을 썼다.

"도쿄 도민을 대충 1,300만 명이라고 하고 한 가구당 평균 세 명이 산다고 하면, 도내에는 약 430만 가구가 사는 거잖아. 그래, 이 가운데 열에 한 가구가 개를 한 마리 키운다고 하면, 도쿄에는 대충 43만 마리의 개가 있다는 계산이 나와. 이 계산이 맞는지 틀린지는 또 다른 문제지만."

"과학자는 참 쓸데없는 것까지 계산하는구나."

내가 놀리듯이 말하자, 오빠는 노트로 내 머리를 가볍게 치고 웃었다.

"근데 오빠, 장래에 뭐가 되고 싶어?"

그러고 보니 한 번도 물어본 적이 없었다.

"장래라."

오빠는 또 엄지손가락으로 턱을 쓸었다. 그리고 대답했다.

"모르겠어."

"모르겠어?"

"모르겠지만, 당연히 우주 관련 일을 하고 싶어."

"우주 관련 일?"

"그래. 예를 들어 대학 친구 중에는 천문대 직원을 목표로 삼고 준비하는 녀석이 있어."

"와."

"그런데 우주 관련 일이라고 하면, 크게 두 가지로 나뉘는데 하나는 무언가를 개발하는 일이야. 로켓을 만들거나 인공위성을 만들거나, 그걸 운용하는 거지."

"다른 하나는?"

"천문학자."

"천문학자는 뭐 하는 사람이야?"

"우주가 어떻게 되어 있는지, 별이 어떻게 태어나는지, 그런 기초 연구를 하는 거야."

"오빠는 천문학자에 어울린다고 생각해."

"응, 나도 그렇게 생각해."

오빠라면 반드시 될 수 있다고 말하자, 오빠는 조금 멋쩍어

했다.

"그런데 오빠는 친구랑 사이가 좋지."

"갑자기 무슨 얘기야?"

"왜냐면, 봐봐, 연구자 같은 사람들은 흰 가운을 입고 방에서 혼자 연구를 하고, 성격도 막 이상해서 다른 사람이랑 말도 안 하고 그러잖아?"

오빠가 또 웃었다.

"〈백 투 더 퓨처〉에 나오는 브라운 박사처럼? 그러게, 어떨까? 그런 연구자도 있겠지만 실제로는 그러지 않을 것 같아. 지금은 실험이나 연구에 규모가 큰 장치를 자주 사용하니까 혼자서는 힘들지 않겠어? 혼자서는 불가능한 부분도 많을 테고. 다 같이 협력해서 연구해야 성과도 커지고. 게다가 동료가 지적해줘서 미처 몰랐던 것을 깨닫기도 하니까."

오빠가 그런 생각을 하는 줄은 몰랐다. 갑자기 어른처럼 보였다.

"저기, 오빠. 오빠는 오빠가 어른 같아?"

"어른? 만 열아홉이니까 뭐, 아직 미성년이지."

"어른이 되는 순간에 뭔가 달라지는 게 있을까?"

"순간이라. 글쎄다, 순간적으로 어른이 되진 않을 거 같은데?"

"그렇겠지?"

"그럼. 이 지구도 처음부터 우주에 툭 떨어진 게 아니고 순간적으로 생겨난 것도 아니니까. 애초에 우주 자체가 시간도 공간도 없는 무에서 시작했다고 하니까."

"우주, 잘 컸다."

"안, 그 말 재미있네."

오빠가 웃었다.

오빠의 웃음소리가 좋았다. 오빠의 웃음소리를 한마디로 표현한다면 '진실'이라고 생각한다. 거짓 없이 부드러운 웃음소리.

"안, 우주 엘리베이터라고 알아?"

오빠는 먼 하늘을 바라보며 말했다.

"그게 뭐야?"

"우주와 지구를 길고 긴 케이블로 연결해서 일종의 엘리베이터를 설치해 양쪽을 오가려고 계획하는 사람들이 있어."

"그런 거 당연히 무리잖아."

"실현은 불가능하다고 하더라. 그래도 오늘 아침 신문에도 실렸는데 진지하게 연구하는 어른들이 있대. NASA 홈페이지에서 우주 엘리베이터 구상도도 볼 수 있대."

"대단하다, 만화 같아."

"그렇지, 안. 그런 발상은 어린아이의 부분일 것 같지 않니?"

"어린아이의 부분?"

"전부 다 어른인 사람은 없을지도 몰라."

아빠는 어른이 되고 싶지 않을 때가 있다고 했더랬다. 마흔일곱 살인데. 어른인데. 그 말을 들었을 때, 나는 왠지 모르게 기뻤다.

그래도 학교 선생님과 엄마 같은 사람들에게는 절대 어린아이의 마음이 있을 것 같지 않았다.

"우주 엘리베이터는 언제 완성될까?"

"그러게, 언제일까?"

"타보고 싶어. 요금은 얼마나 할까?"

"글쎄다, 얼말까?"

아스팔트에 드리워진 오빠의 그림자는 내 그림자보다 훨씬 길었다.

"아빠가 보라색 저녁놀이 있다고 한 말 기억해? 내가 초등학생 때."

"아아, 응. 기억하지."

"오빠, 반항기였어, 분명히. 오빠도 반항이란 걸 하는구나."

오빠는 곤란한 듯도 하고 멋쩍은 듯도 한 표정을 지었다.

"이제 끝났어?" 하고 묻자, "모르겠네" 하고 웃었다.

다음 골목을 돌면 집이 보인다. 둘이서 귀가하니 훨씬 가깝게 느껴진다. 저녁놀도 이제 곧 가을 색을 띠기 시작하겠지.

4장

오늘은 소행성이 충돌하지 않았으니까

체육대회는 우울했다.

기마전이나 줄다리기나 이인삼각 따위. 이기든 지든 인생에 전혀 영향을 미치지 않을 일들.

그래도 없는 게 더 낫다고 생각하지는 않는다. 없는 것보다 있는 편이 낫다. 적어도 내일 체육대회만은.

"안나, 어떻게 할래? 내일."

이과 수업 시간에 미즈호가 속삭였다. 그저께 제비뽑기로 자리를 바꿨는데 기적적으로 미즈호가 내 바로 뒷자리에 당첨되었다. 창가가 아니어서 아쉬웠지만 복도 쪽 뒷자리인 건 행운이었다.

나와 미즈호는 지금 진지하게 고민 중이다.

"미즈호는? 마스카라 할 거야?"

몸을 살짝 돌려 미즈호를 보았다. 이과반 선생님은 올해 갓 부임한 신입이라서 '미스터 신입 군'이라고 불리며 학생들에게 조금 얕보인다. 왁! 하고 놀래면 화들짝 놀라 나무에 기어오를 것 같은 작은 동물 분위기가 나는 선생님이다. 교실 여기저기에서 잡담을 나누는 목소리가 숲에 떨어진 낙엽들처럼 겹쳤다.

옆자리의 샷쩽이라고 불리는 여자애가 책상 아래에서 손톱을 가는 것이 보였다. 말 걸기 쉽고 친근한 아이지만 샷쩽이라는 별명으로 부를 만큼 친하진 않아서 조금 미묘한 사이다. 샷쩽과 사이가 좋은 리사는 리사짱이라고 부를 수 있는데, 샷쩽을 샷짱이라고 부르지는 못하겠고 그렇다고 마루오카라는 성으로 부르기도 좀 서먹서먹하고, 여간 신경쓰이는 게 아니다. 참고로 샷쩽(혹은 샷짱)은 나를 '오구라'가 아니라 '안나짱'이라고 부른다.

"마스카라, 하고 싶긴 해. 그런데 내가 쓰는 마스카라는 땀이 나면 까만 눈물이 되니까 엄마한테 빌릴 생각인데……."

미즈호가 한숨 섞어 말했다.

"나는 마스카라는 안 하고 뷰러로 올리기만 할 거야. 그래도 입술은 조금만 바르려고 해."

"색이 진하지만 않으면 괜찮을 거야."

사실 마스카라도 하고 싶지만 선생님보다 일부 3학년들이 무서웠다. 화사하게 꾸미고 다니면 언제 불량한 선배들에게 찍힐지 모른다. 교실에 있을 때는 연한 분홍색 립스틱을 바르기도 하는데, 다른 장소에서는 꼭 티슈로 닦아내야 한다.

그래도, 그래도 내일은 가능하면 조금만 더 신경 써서 화장을 하고 싶었다. 이시모리 선배의 마지막 체육대회니까.

이시모리 선배는 남자 축구부의 전직 주장으로, 내가 중학교 1학년 여름부터 짝사랑하는 상대다. 대화를 나눠본 적은 한 번도 없지만 지금까지 좋아했던 어떤 남자보다 이시모리 선배를 좋아한다.

농구부 선배들이 여름방학 이후 동아리 활동에서 은퇴했을 때는 진심으로 기뻤지만, 같은 3학년인 이시모리 선배가 축구부에서 보이지 않는 것은 슬펐다. 이제 이시모리 선배가 축구를 하는 모습을 볼 수 없으니까.

방과 후 운동장 대부분은 인원이 유독 많은 축구부와 야구부가 차지한다. 농구부는 조금 떨어진 소운동장을 사용하는데, 거기까지 가는 도중에 대운동장 옆을 지난다. 그때 나는 이시모리 선배를 한 번이라도 보려고 필사적으로 그를 찾았다.

그런데 대부분은 찾지 못했다. 축구부와 야구부를 둘러싸듯이 핸드볼부, 여자 소프트볼부, 미즈호가 있는 육상부 등이 연습하고 있어서 이시모리 선배를 좀처럼 찾을 수 없었다. 느긋하게 찾으면 좋은데, 농구부 코트까지 '반드시 뛰어서 가야 한다'는 규칙이 있어서 시간이 넉넉하지 않았다.

이시모리 선배와 같은 운동장을 사용하는 미즈호가 부러웠다. 그런데 미즈호는 같은 육상부의 다니 선배를 좋아하니까 축구부 연습 따위는 아예 눈에 들어오지도 않는다고 했다.

어쨌거나 내가 좋아하는 이시모리 선배도 미즈호가 좋아하는 다니 선배도 내년이면 고등학생이 된다. 내일 체육대회가 선배들의 중학생 시절 마지막 체육대회다.

그래서 조금이라도 귀엽게 꾸미고 싶었다. 이시모리 선배가 나를 알아볼 확률이 제로나 마찬가지라도.

"얘, 안나. 아이라이너는 어떻게 할래?"

등 뒤에서 말을 건 미즈호의 목소리가 운 나쁘게도 크게 울리는 바람에 "적당히 못 하겠니!" 하고 미스터 신입 군이 나와 미즈호를 노려보며 교과서를 교단에 휙 집어 던졌다. 화를 내도 전혀 박력이 없는 선생님이라 안쓰러웠다.

마침 수업 종료를 알리는 종이 울렸고, 교실 안은 모두가 내쉬는 커다란 한숨 소리로 가득 찼다.

방과 후라는 말 그대로 우리는 일단 여기서 해방되었다.

어디로?

해방된 뒤에도 어른이 구축한 세계를 벗어나지 못한다. 아직 열네 살인 우리가 만든 것은 단 하나도 없다.

내일 열리는 체육대회 준비를 위해서 오늘은 동아리 활동이 없는 날이다.

체육대회 실행위원이 되면 선생님들이 좋은 평점을 줘서 고등학교 입학시험에 유리하다는 소문이 퍼지자, 올해는 자진해서 입후보한 애가 있었다. 1학년 때는 다들 귀찮아서 제비뽑기를 했는데.

체육대회 실행위원은 이제부터 운동장 선 긋기나 용구 준비 같은 일들로 바삐 움직여야 한다. 마음에서 우러나와서 이런 일을 하려는 아이는 극히 일부일 것이다. 동아리 활동도 그런 면이 있다. 내신에 도움이 된다고 하니까 싫어도 하는 아이가 적지 않으리라. 나도 농구는 좋아하지만 매일 하기는 솔직히 힘들다. 오늘처럼 비도 안 오는데 동아리 활동이 취소되는 날엔 기분이 느긋해진다.

하굣길에 미즈호와 함께 역 빌딩에 있는 쇼핑몰에서 새 립스틱을 샀다. 그리고 할인권을 써서 도넛을 두 개씩 샀다. 미즈호가 용돈이 좀 더 넉넉하면 몇 개라도 먹었을 거라고 말했고, 나도 전적으로 동의했다.

도넛을 다 먹고 가게를 나서려는데 어떤 아줌마가 우리에게 다가왔다. 아줌마는 아주 진지한 표정으로 "얘들아, 미안하다. 잠깐 괜찮니?" 하고 말을 걸었다. 엄마보다도 나이가 많고, 화장을 꼼꼼히 했고, 어깨에 회색 숄을 두르고, 베이지색 스커트를 입었다. 까만 핸드백을 가슴 부근에서 꼭 움켜쥐고 있었다. 어디가 꼭 그래 보인다고 하긴 어려운데 돈이 있는 사람 같았다.

"네?"

미즈호가 대답했다.

"저기, 부탁이 있는데 좀 괜찮을까?"

아줌마가 말했다.

"뭔데요?"

미즈호가 대답했다.

"전화를 좀 걸어줬으면 좋겠어."

"전화요?"

나는 아줌마의 심각한 표정이 꺼림칙해서 상관하지 않는 게 좋겠다는 의미로 미즈호의 팔꿈치를 꾹 찔렀다.

그런데 미즈호가 이런 상황을 절대 그냥 넘어갈 리가 없다. 뭔가 재미있는 일이 일어날지도 모른다 싶어 호기심으로 가슴이 부푼 모양이다.

아줌마가 말했다.

"전화를 걸어줬으면 하는데 들어줄 수 있을까?"

"어디에요?"

미즈호가 물었다.

"남편 회사가, 저기 보렴, 저 빌딩 3층에 있는데, 전화를 걸어서 지금 아줌마 남편이 회사에 있는지 없는지 확인 좀 해줬으면 하는데."

아줌마는 역 건너 건물을 가리켰다. 오래되어 칙칙한 건물이었다.

"아줌마가 직접 하면 되잖아요."

미즈호가 말했다.

"그게 안 돼, 아줌마는. 접수처 사람이 내 목소리를 알거든."

"흐음."

"그냥 전화를 걸어서 사이토 부장님을 바꿔달라고 하면 돼. 사이토 부장님이 자리에 있는지 확인하면 바로 끊으면 된단다. 해줄 수 있니?"

"괜찮긴 한데 내 전화로 하기는 싫은데……."

"그래, 그렇겠지. 공중전화로 해주렴. 전화카드 있으니까. 이런 말을 하기는 부끄러운데, 사이토 부장님이 아줌마 남편이야. 그 사람은 바람을 피우면서도 절대 아니라고 우기지 뭐니. 오늘 밤도 야근한다고 했지만, 회사에 없을 게 분명해. 이 시간이면 이미 여자한테 갔을 거야. 그걸 확인하고 싶어. 그러니 회사에 전화를 좀 걸어주지 않을래? 있는지 없는지만 알면 돼. 부탁할 수 있을까?"

미즈호는 내게 속삭였다.

"해주자. 곤란해 보이니까."

아주 대놓고 즐기고 있다.

우리 셋은 나란히 가까운 공중전화로 갔다. 아줌마가 미즈호에게 건넨 전화카드에는 새끼 고양이 두 마리가 사이좋게 기대어 있는 그림이 그려져 있었다.

"뭐라고 하면 된다고요?"

미즈호가 다시 확인하자, 아줌마가 "사이토 부장님 부탁합니다"라고 일러주며 전화번호가 적힌 메모를 주었다.

미즈호는 "공중전화 쓰는 거 태어나서 처음이야"라고 말했다. 나는 초등학교 때 딱 한 번 써본 적이 있다.

미즈호는 수화기를 들고 번호를 눌렀다. 아줌마가 꿀꺽 침을 삼켰다. 나는 통금 시간이 걱정되어 조마조마했다.

전화가 연결되었는지, 미즈호가 "어 저기" 하고 웅얼거리다가 송화구를 막고 "사이토인가요?" 하고 아줌마에게 물었고, 아줌마는 말없이 고개를 끄덕였다. 그때 이미 실패했다고 나는 생각했지만, 아줌마는 별로 신경 쓰는 것 같지 않았다. 미즈호는 "사이토 씨 있나요?"라고 묻고, "아아, 그래요, 고맙습니다" 하고 수화기를 내려놓았다. 그리고 아줌마에게 "나갔대요" 하고 전달하자, "아아, 역시. 그럴 줄 알았어. 내 생각이 맞았네. 역시 바람이야. 정말 고맙다. 그래, 감사 표시로 그 전화카드 줄게."

아줌마는 그렇게 말하더니 성큼성큼 가버렸다.

우리는 멍하니 아줌마의 뒷모습을 바라보았다.

미즈호는 말했다.

"전화 받은 여자, 지긋지긋하다는 말투였어. 저 아줌마, 이런 짓을 자주 하나 봐."

"왠지…… 안됐다."

"그러게. 아무튼, 전화카드는 쓸 일이 없는데. 나는 저 아줌마가 고맙다고 돈을 줄 줄 알았어."

나도 돈을 조금 기대하긴 했는데 굳이 말하진 않았다.

집에 돌아왔는데 카레 향이 났다. 사랑에 빠지면 식욕이 사라진다는 소리가 있는데, 그거 진짜야? 카레를 앞에 두자 내 배는 이시모리 선배도, 아까 먹은 도넛도 까맣게 잊고 꼬르륵 꼬르륵 울어댔다. 아까 본 아줌마는 지금쯤 집에서 혼자 밥을 먹고 있을까?

7시 반쯤 오빠가 돌아왔다.

오빠는 다녀왔다는 말도 없이 넋이 나간 얼굴로 소파에 앉았다. 평소와 어딘가 달랐다.

"오빠, 기분이 별로야?"

말을 걸어도 대답이 없다. 아니, 마치 내 목소리가 들리지 않는 것 같았다.

"엄마, 오빠가 좀 이상해."

부엌에 있는 엄마에게 조용히 말을 걸었다.

"어디가?"

"아무 말도 안 해."

"말은 평소에도 별로 안 하잖아. 우주 얘기 말고는."

"근데 좀 달라. 그냥 멍하니 천장만 쳐다보고 있어. 게다가 손도 안 씻고 입도 안 헹궜어."

"뭐라고?"

엄마가 황급히 거실로 나갔다. 오빠는 언제나 정해진 대로 행동하는 사람이었다. 그런 오빠가 밖에서 돌아왔는데 손을 안 씻다니, 있을 수 없는 일이었다.

"왜 그러니, 가즈키."

오빠는 엄마의 물음에도 전혀 반응하지 않았는데, 그래도 천장을 쳐다보는 행동은 그만두었다. 영혼이 우주 끝까지 날아간 듯한 눈빛이어서 돌아와준 것이 고마웠다.

"엄마, 오늘은 저녁밥 필요 없어요. 아무것도 못 먹을 것 같아."

오빠가 말했다.

"어디 몸이 안 좋니? 마키노 선생님한테 갈까?"

마키노 선생님은 동네의 내과·소아청소년과 병원 의사다.

"괜찮아요, 몸은 멀쩡해요. 그저."

"그저? 그거 뭐니?"

엄마가 울 것 같은 표정으로 오빠를 바라보았다.

"그저 가슴이 꽉 찬 것 같아요."

그러더니 오빠는 자리에서 일어나 자기 방으로 올라갔다.

엄마는 샐러드를 만들던 중이어서 오른손에 미니토마토 팩을 든 채로 멍하니 서 있었다.

"왜 저럴까, 가즈키. 무슨 일이지?"

"몰라, 그런데 왠지 무서워."

"무섭다는 소리는 하지 마, 안. 엄마도 무서워지잖아. 어쩌지, 아빠한테 전화하는 게 좋을까……."

엄마는 심하게 동요하고 있었다. 지금은 내가 정신을 똑바로 차려야겠다.

"아이 참, 엄마, 진정해. 오빠, 지금 가슴이 꽉 찼다고 했잖아. 혹시 사랑에 빠졌는지도 몰라."

"사랑?"

"응, 오빠도 사랑은 할 테니까, 아마도……. 그래서 가슴이 꽉 채워져서 밥도 못 먹는 거 아니야?"

"으응, 그럴까……?"

엄마는 수긍하지 못했는지 얼굴이 점점 더 새파랗게 질렸다.

엄마는 오빠 일에는 늘 어쩔 줄 모른다. 아마 가족 중에서 제일 머리가 좋은 오빠를 이해하기 어려워서 그럴 것이다.

오빠는 고등학교 3년 내내 성적이 최상위권이었다고 한다. 그리고 대학에서는 말도 안 되게 어려워 보이는 물리를 공부한다. 친척이 모이면 "가즈키는 대체 누굴 닮았을까?" 하고, 아빠와 엄마를 놀리곤 했다.

전에 오빠가 미국에서 온 유학생을 집에 데려왔는데, 그때 영어를 유창하게 말해서 아빠도 엄마도 나도 깜짝 놀랐다. 오빠가 외국인처럼 보였다. 스키야키를 먹으면서 나는 내가 오빠의 여동생이라는 사실을 의심했다.

"얘, 안. 오빠가 어떤지 좀 보고 올래? 부탁이야."

엄마는 소파에 힘없이 앉았다. 부탁하지 않아도 갈 생각이
었다.

"오빠?"

문 앞에서 말을 걸었다. 대답이 없다.

"오빠, 들어가도 돼?"

역시 대답이 없다. 옥상에서 별을 보고 있을까?

"들어갈게. 문 연다?"

그렇게 말하며 들어가자, 오빠는 침대에 누워 천장을 올려
다보고 있었다.

"오빠?"

오빠는 깊고 깊은 한숨을 쉬었다. 그리고 조용히 말했다.

"멋진 일이야."

멋지다고?

무슨 얘기를 하는 거지? 오빠는 이번에는 속삭이듯이 말
했다.

"멋진 일이야."

"뭔데, 무슨 일인데?"

"안, 알고 있니? 오늘 일본인이 노벨상을 받았어."

"노벨상?"

"일본인 세 명이 노벨물리학상을 받았어."

"그렇구나. 뭘 발명했는데?"

"발명이라."

오빠는 크게 숨을 들이마시더니, 훨씬 더 많은 양의 길고 긴 숨을 내뱉었다.

"발명이라기보다는 발견이야."

"뭘 발견했는데? 물리학상이라면 오빠가 공부하는 우주하고도 관계가 있어? 새로운 별이라도 발견했어?"

"우주의."

"우주?"

"우주의 구조를 발견했어."

"구조?"

"구성하는 요소."

오빠는 침대에 누운 채 양손을 배에 올렸다. 나는 빙글빙글 돌아가는 회전 의자에 앉았다.

"어려워서 쉽게 설명하지 못하겠는데, 그들은 우주의 구조에 관해서 아주 중요한 것을 발견했어."

오빠가 쉽게 설명하지 못한다고 말하다니, 드문 일이었다.

그렇게나 어마어마한 발견인가 보다.

"그래, 간단히 말하면 우리가 대체 무엇으로 이루어졌는지, 그 수수께끼의 해답에 다가갔다고 할까?"

"무엇으로 이루어졌다니, 피나 뼈나 근육이 아니라 다른 거?"

"그래. 피나 뼈나 근육 이전의 것. 우리라기보다 우주 자체가 무엇으로 이루어졌는지 밝히는 데 한걸음 접근했어."

"그걸 알면 무슨 도움이 되는데?"

"글쎄. 도움이 될 수도 있고 안 될 수도 있어."

"그래도 노벨상을 받았잖아?"

"그래, 그러니까 대단한 거야."

오빠가 눈을 살짝 감았다.

"안. 갈릴레오는 400년이나 전에 이미 망원경으로 우주를 봤어. 우주의 구조를 알고 싶어 하는 인간의 갈망이 정말 대단하지 않니? 우주에서 보면 작디작은 우리가 장대한 우주의 모습을 확인하려고 계속 노력하고 있는 거야. 우주의 수수께끼가 조금 해결되었다고 해서 그게 우리한테 도움이 될지 안 될지는 몰라. 그래도 도움이 될지 안 될지를 떠나 알고 싶다는 갈망을 숭고하게 여기는 점이 대단한 거야, 안. 그러니까 노벨상은 대단한 거지."

오빠는 쉬지 않고 말한 뒤, 천천히 눈을 떴다.

"안. 우주를 공부하다 보면 말이야, 우주는 분명 아주 예전부터 우리 인간이 등장할줄 알고 있었을 거라고, 이유는 모르지만 그런 생각이 들 때가 있어. 그런데 지금은 수많은 우연이 수없이 겹쳐서 내가 여기에 있다는 생각이 들어. 하지만 그렇다고 해서 우연이 운명보다 덜 중요하진 않다고 생각해."

이렇게 흥분한 오빠는 처음 보았다.

오빠의 이야기를 듣고 있으려니 나 자신이 정말 대단한 존재 같다는 생각이 차츰 들었다.

나는 우주가 약속해서 나 자신이 여기 존재한다고 생각하는 편이 더 멋있을 것 같다. 세상만사가 운명으로 결정된다고 생각하고 싶었다. 왜냐하면, 그야, 그쪽이 훨씬 더 로맨틱하니까.

"안, 엄마한테 걱정하지 마시라고 말씀드려. 그냥, 오늘 밤은 기분이 너무 좋으니까 이렇게 조용히 있고 싶어."

"응, 알았어. 엄마한테 말해둘게."

나는 엄마에게 어떻게 설명해야 할지 고민하다가 이렇게 말했다.

"오빠, 일본인이 노벨상을 받아서 가슴이 꽉 채워졌대."

"노벨상? 뭐니, 대체. 겨우 그런 일 때문에 모두를 깜짝 놀라게 하고."

엄마는 맥이 풀렸는지 아까와는 반대로 발끈하기 시작했다.

"그래도 대단한 상이잖아? 노벨상은."

"그래, 그야 대단한 거겠지? 아마 가와바타 야스나리도 받았을 거야."

엄마가 아는 체하며 말했다.

가와바타 야스나리?

잘은 모르겠지만 이번에는 상을 받은 분야가 다를 것이다. 적어도 가와바타 야스나리가 우주를 발견하진 않았을 것 같으니까…….

"오늘 받은 사람들은 우주 관련해서 노벨상을 받은 것 같아."

"어머, 그러니? 아아, 그래서 가즈키도 흥분했구나. 역시 그 애도 우주를 공부하니까 그런 상을 받고 싶겠지."

부엌으로 들어간 엄마는 이제 진정이 된 것 같았다.

그런데 엄마. 그건 아마, 절대로 아닐 거야. 오빠는 노벨상을 노리고 우주를 공부하진 않을 거야.

오빠는 알고 싶은 것이다. 진실을 확인하고 싶은 것이다. 그런 마음이 오빠를 움직이고 있다고 나는 생각했다.

체육대회 당일. 화창한 가을 하늘.

나는 아침부터 뷰러로 속눈썹을 집어 높이 올리고 집을 나섰다. 어제 산 분홍색 립스틱은 학교에 도착하면 바를 생각이다. 체육복을 입고 등교하니까 마치 교복을 깜박하고 나온 것 같아서 유쾌했다.

교실은 아침인데도 평소와 달리 차분하지 않았다. 체육대회는 귀찮다고 했으면서 다들 조금은 들떠 있었다.

따돌림을 당했던 노닷치는 최근 다시 원래 무리의 아이들과 이야기를 나누며 조심스러워하면서도 같이 어울리고 있었다. 이제 외톨이가 아니라 다행이지만, 그래도 나는 저 애들이 한 짓을 노닷치가 속으로는 용서하지 않기를 바랐다.

미즈호는 엄마 마스카라를 몰래 빌린 덕분에 평소보다 눈이 또렷했다. 미즈호는 외까풀이 싫다고 했지만, 길고 풍성한 속눈썹이 눈부셔 보였다. 게다가 쌍까풀이 있어도 나는 속쌍까풀이란 말이다.

"안나, 꼭 찍자."

"응, 힘내자."

오늘 목표는 달리는 이시모리 선배와 다니 선배의 사진을 휴대전화 카메라로 찍는 것이다. 한 장이라도 좋으니까 둘이 협력해서 어떻게든 선배들을 찍자고 다짐했다.

그런데 절대 쉬운 일이 아니었다. 학교에서는 휴대전화 사용이 금지돼 있다. 만에 하나 선생님에게 들키면 틀림없이 뺏길 것이다. 그리고 부모님에게 학교로 오라는 호출이 갈 테고.

우리 집은 엄마한테 휴대전화가 넘어가면 바로 돌려주긴 할 것이다. 학원 가는 날에 휴대전화가 없으면 위험하다고 엄마가 말할 정도니까.

그렇지만 체육대회인 오늘, 선생님에게 들켜 압수당하면 이시모리 선배의 사진을 찍지 못한다. 그것만은 피하고 싶었다. 어떻게든 선생님에게 들키지 않고 사진을 찍을 생각이다.

교내 방송이 나와 전교생이 운동장으로 나갔다. 이어지는 지루한 입장 행진, 교장 선생님의 답답한 개회사, 나른한 라디오 체조를 마치고, 드디어 체육대회가 시작되었다.

그런데 나는 시작하자마자 2학년 부문 이인삼각 경기를 하다가 넘어지는 바람에 왼손 엄지 부근을 긁혔다. 짝을 이룬 사토는 무릎에 찰과상을 입었다. 그래도 분발해서 다섯 팀 중 3위, 꼴찌는 면했다. 조금 기뻤다.

아니, 이런 건 아무래도 좋다. 오늘 가장 중요한 것은 이시모리 선배의 사진을 찍는 일이다.

작년 여름이었다.

농구부 연습을 마치고, 물통을 깜박하고 온 나는 정수기에서 물을 마시려고 순서를 기다리고 있었다. 바로 뒤에 이시모리 선배가 섰다.

나는 내 뒤에 남자가 서자 긴장해서, 목이 바싹 말랐지만 한 모금만 마시고 얼른 애들이 있는 데로 가려고 했다. 그런데,

"천천히 마셔."

뒤에서 이시모리 선배가 부드럽게 말을 걸어주었다. 등에 적힌 이름 색깔로 학년을 알 수 있어서 2학년인 줄 알아차렸다. 나는 당황해서 한 모금 더 마시고 자리를 떴다.

그때부터 나는 계속 이시모리 선배만을 짝사랑했다.

이시모리 선배는 여자들에게 꽤 인기가 있고, 소문으로는 근처 중학교의 엄청 예쁜 여학생과 사귄다고 한다. 내게는 손이 닿지 않는 사람이다. 그래도 사랑하는 이 마음은 누구도 막을 수 없어!

3학년 남자들의 장대 눕히기*는 인원이 너무 많아 이시모리 선배를 찾지 못했다. 미즈호가 좋아하는 다니 선배는 생각보다 가까운 곳에서 움직여서 간단히 촬영에 성공했다. 내가 찍은 다니 선배의 베스트 사진을 보고 미즈호는 반쯤 울며 기

---

* 두 팀으로 나누어 각자 진지에 3~5미터 길이의 봉을 세워 상대편 봉을 쓰러뜨리는 단체 경기다.

뻐했다.

그런데 이시모리 선배의 사진은 그다음 경기인 기마전에서도, 다리 묶고 달리기에서도 찍지 못하고 순식간에 오전이 지나고 말았다.

그리고 점심을 먹은 뒤 오후 경기.

3학년의 100미터 달리기를 할 때가 절호의 기회다.

나와 미즈호는 화장실에 가는 척하며 100미터 달리기 출발 지점으로 접근했다. 손수건으로 꼭 싼 휴대전화의 카메라는 이미 켜두어서 언제든 이시모리 선배를 찍을 준비를 했다.

"안나, 드디어, 다음이 이시모리 선배야."

"응."

"나 열심히 찍을게."

"고마워, 미즈호. 믿을게!"

미즈호와 나는 1학년 자리에서 슬그머니 앞으로 나와서 최적의 촬영 지점에 진을 쳤다.

파란 하늘 아래, 빵 하고 둔탁한 총소리가 울리고, 이시모리 선배가 출발했다. 이시모리 선배는 다른 선수들보다 훨씬 반짝어 보였다.

그리고 지금이다, 하는 순간, 하필이면 미즈호가 휴대전화를 땅에 떨어뜨렸다. 미즈호의 분홍색 휴대전화는 모래 먼지 위를 데굴데굴 굴렀고, 그걸 주워준 친절한 사람은⋯⋯ 학생지도 선생님이었다.

우리는 신속히 체육대회 본부 텐트로 연행되어 둘 다 휴대전화를 즉각 압수당했다.

체육대회를 마치고 돌아오는 길, 미즈호가 "미안해" 하고 백 번쯤 사과했다.

지나간 일은 어쩔 수 없다. 엄마가 시끄럽게 잔소리하겠지만 견딜 수밖에 없다.

"괜찮다니까. 축제가 아직 남았으니까."

나는 밝게 웃으며 미즈호를 다독였다.

그래도 속으로는 다니 선배의 사진을 손에 넣은 미즈호가 부러웠다. 게다가 다니 선배와 같은 육상부인 미즈호는 동아리 활동을 하면서 선배와 대화를 나눈 적이 있으니까 내 짝사랑과는 비교도 안 된다. 나와 이시모리 선배의 만남은 정수기 앞에서 "천천히 마셔"라고 말해준 그때가 유일하다. 나는 당황해서 한마디도 하지 못했으니까.

미즈호와 헤어져 집에 도착하자, 엄마가 고기를 굽고 있었다.

휴대전화 소식을 아직 못 들었는지 화가 난 것 같지 않았다.

그래도 언젠가는 밝혀질 테고, 내 미래는 차근차근 다가오고 있다.

"고생했다. 손 씻고 오렴."

"응."

세수했더니 하얀 세면대에 운동장 모래가 마치 대리석 무늬처럼 흘러내렸다. 냉장고에서 차가운 보리차를 꺼내 선 채로 마시는데, 엄마가 말했다.

"오늘 파트타임 일 끝나고, 자전거 타고 너희 중학교까지 갔어."

"왜?"

"왜라니, 안이 운동회에서 열심히 하고 있는지 궁금해서."

"운동회가 아니라 체육대회라고 해, 중학교는. 그리고 오지 말라고 했잖아."

"근처까지 가기만 했어. 밖에서 혹시 보일까 해서. 그런데 전혀 안 보이더라."

"당연하지, 담이 그렇게 높은데."

"그래서 얼른 돌아왔지. 그런데 운동회 보러 가는 엄마들 제법 있던데? 교문으로 들어가는 사람 많이 봤어."

"있긴 한데, 됐다고. 안 와도."

"알았다니까."

엄마는 그렇게 대답하면서도 아쉬워 보였다. 엄마가 담장 너머에 혼자 서 있는 모습을 상상하니 코가 조금 찡했다. 내 운동회 같은 거, 뭐가 대단하다고.

식탁에 채소를 놓으며 엄마가 말했다.

"예전에 안이 유치원 운동회에서 친구들이랑 같이 춤추는 모습을 보면서 엄마, 울었지 뭐니. 아아, 내 딸도 이런 걸 할 수 있게 됐구나 싶어서. 얼마 전까지만 해도 아기였는데 이렇게 컸다고 생각하니까 눈물이 멈추지 않더라."

학교에 있는 모습을 부모에게 보이기는 부끄럽다. 그래서 절대로 오지 말라고 못을 박았는데, 그냥 슬쩍 보는 것쯤은 괜찮다고 할 걸 그랬다.

내년에는 중학교 마지막 체육대회니까 보러 와도 돼.

이렇게 말해주려고 했는데 현관에서 아빠가 들어오는 소리가 들렸다.

"안, 아빠 오셨으니까 오빠 불러올래?"

"알았어."

3층으로 올라가 오빠 방문 앞에서 말을 걸었다.

"오빠, 밥 먹어."

안에서 "안, 잠깐 들어와" 하는 목소리가 들렸다. 문을 열자, 오빠가 컴퓨터 앞에 앉아 있었다.

"이거 봐, 안. 전에 말한 우주 엘리베이터 일러스트야. 지금 막 NASA 홈페이지에서 발견했어."

컴퓨터 화면을 들여다보니, 상상보다 훨씬 사실적인 일러스트가 있었다. 마치 완성된 우주 엘리베이터를 누가 스케치한 것 같았다.

"생각보다 제대로다. 좀 더 간단한 그림일 줄 알았어."

"응."

설명은 전부 다 영어로 빼곡히 적혀 있었다.

"오빠, 이거 전부 읽을 수 있어?"

"대충은."

'대충은'이라고 겸손하게 말하지만 오빠는 아마 술술 읽을 것이다. 이제 평소의 오빠로 돌아왔다.

"오늘 학교에서 선생님한테 휴대전화를 빼앗겼어."

"왜?"

"학교에서는 사용 금지거든. 지지리 운도 없지."

"빼앗기고 못 받았어?"

"돌려받긴 할 거야. 엄마를 거쳐서."

둘이서 싱글싱글 웃었다.

남매는 이럴 때 좋다. 엄마의 잔뜩 화가 난 얼굴을 오빠도 상상한 것이다. 싱글거리는 웃음에서 오빠의 "안, 어떡하니?"

라는 목소리가 들린 것 같았다.

"안, 알고 있니? 지구와 충돌할 가능성이 있는 소행성이 꽤 있대."

"진짜? 위험한 거잖아. 몇 개쯤인데?"

"몇 개쯤일 것 같아?"

"으음, 모르겠어. 3개 정도?"

"850개야."

"헉."

"지구에 접근하는 궤도에 있는 천체는 대충 850개쯤 있어. 충돌할 가능성은 아주 낮지만. 그래서 운 좋게 오늘은 무사해도 언제 궤도가 달라져서 소행성이 지구로 날아올지 모르지……."

"그거 진짜 무섭다."

"그렇지. 그러니까 운이 있는 거야, 안. 휴대전화를 빼앗겼어도 안은 운이 있는 거야. 오늘 우리 지구에 다른 행성이 충돌하지 않았으니까."

오빠의 예시는 스케일이 너무 커서 때때로 어떻게 대답해야 할지 모르겠다.

그래도 그런 말을 들으니 내가 운이 없진 않은 것 같았다. 이시모리 선배의 사진은 찍지 못했지만 이시모리 선배도 나도 이 지구에서 무사하다. 그리고 소행성이 충돌하지도 않았고.

"오빠, 오늘 고기 먹는대."

그렇게 말한 순간, 2층에서 잔뜩 화가 난 엄마의 목소리가 들렸다.

"안, 좀 내려올래!"

선생님이 휴대전화 일을 알리려고 전화했나 보다. 오빠와 나는 다시 얼굴을 마주 보고 싱글싱글 웃었다. 나는 역시나 오늘은 운이 없다고 생각했다.

5장
달과 플라네타륨

어느 날 밤.

"안, 뉴스 봤니?"

수업을 마치고 돌아온 오빠가 문을 열자마자 쿵쾅쿵쾅 돌진해 왔다. 보지는 않았지만 우주 관련 뉴스라는 것만은 확실히 알 것 같았다.

오빠가 목에 두른 목도리는 내가 초등학교 6학년 때 크리스마스 선물로 준 것이다. 진한 갈색이고 양끝에 크림색으로 줄이 들어가 있다. 학교 수예 클럽에서 배워서 내가 태어나 처음으로 짠 목도리다. 선생님이 솜씨가 좋다고 칭찬해주었고 나도 제법 잘 만들었다고 생각한다.

목도리에는 보풀이 일었다. 이제 수명이 다된 것 같은데 오빠는 전혀 개의치 않는지 올해도 당연히 두르고 있었다.

"어떤 뉴스?"

"봐봐, 저거야, 저거."

텔레비전에 일본인 여성이 우주에 간다는 뉴스가 나오고 있었다.

"와, 또 가는구나."

"여성은 두번째야. 일본인으로는 일곱번째."

그 말만 남기고 오빠는 화장실로 갔다. 겨울이 되자 오빠는 손 씻기와 양치질에 세 배쯤은 더 공을 들였다.

나는 엄마와 둘이서 저녁을 먹고 미즈호에게 문자를 보내던 참이었다.

엄마는 오빠를 먹이려고 된장국을 다시 데우고 밥을 고봉으로 푸고 크로켓을 접시에 담아 소스를 부었다.

크로켓 소스의 양 정도는 자기 취향에 맞게 부어 먹어도 되지 않나?

오빠는 "잘 먹겠습니다"라고 말하고 음식을 로봇처럼 먹기 시작했다. 오빠의 머릿속은 80퍼센트가 우주로 채워져 있고,

나머지 20퍼센트는 우주와 관련 있는 것으로 채워졌을 것이다.

그래도 가끔은 자기주장도 하는 것 같다.

어제 학교에서 돌아온 오빠는,

"저기, 미안한데 이런 옷은 이제 사 오지 마셨으면 좋겠어요⋯⋯."

하고 엄마에게 말했다.

오빠가 입은 옷은 진청색 트레이너였다. 엄마가 사 오는 옷치고는 무난한 편인데 오빠는 지독히도 싫어했다. 대학교 친구들이 놀려서 곤란하다고 했다.

"응, 그렇게 이상하니? 그 트레이너가."

엄마가 고개를 갸웃거렸다.

"얘, 안. 오빠 옷이 뭐 이상하니?"

엄마가 물어봐서 고민하는데 오빠가 말했다.

"읽는단 말이에요."

"뭐를?"

엄마가 물었다.

"뭐라니, 여기, 등에 글자."

오빠가 뒤로 돌아 등을 보이자 거기에는 영어가 프린트되어 있었다. 그런 디자인이었구나.

"읽다니, 그 복잡한 영어 문장을?"

엄마가 깜짝 놀랐다.

"그래요, 이걸 읽고 친구들이 웃어서 곤란하다고요."

"오빠. 거기에 뭐라고 적혀 있어?"

"뭐라니……."

"일본어로 번역해줘."

"번역할 수 있긴 한데, 내용이 엉망이야."

오빠는 트레이너를 벗어 책처럼 손에 들고 읽기 시작했다.

"우리는 같이 가자. 친구는 뛰어나다. 주머니 안은 행복했다. 빌딩 옥상에 하늘 끝이 있는 것처럼, 인생은 즐겁고 꽃이 피어 있었을지도 모른다. 꿈이 너무 큰 우리는 내일로 날아간다……."

오빠는 정말 미안하다는 표정을 짓고,

"엄마, 영어 옷은 좀 곤란해요."

라고 말했다. 우주 이외의 주제에도 일단 자기 의견은 있나 보다. 그리고 옷에 적힌 영어를 술술 읽을 정도로 오빠 주변 사람들은 다 대단한가 보다.

미즈호에게 문자가 도착했다. 과외 선생님이 드디어 돌아갔는데 숙제를 엄청 많이 냈다고 투덜댔다. 아까 보낸 문자는 과외 선생님이 화장실에 간 틈에 몰래 보낸 것이다.

과외 선생님이 아주 예뻐서 미즈호의 아버지는 선생님이

오는 화요일만 유독 일찍 퇴근한다고 했다.

"안. 우주에 가면 하고 싶은 거 있니?"

크로켓을 먹으면서 오빠가 말을 걸었다. 미즈호에게 답을 보내면서 생각했다.

"으음, 일단 달에 가고 싶어."

"가서 뭘 할 거야?"

"뭐라니, 달에 갔으니까 무엇보다 걸어야지. 두둥실, 두둥실, 무중력 보행을 할 거야. 그리고 기념촬영을 하고 달의 흙을 가져올 거야."

"고등학교 야구광 같네?"

"응. 그리고 인터넷으로 팔래."

엄마가 대화에 참여했다.

"음, 엄마는 걷기보다는 아무도 없는 데서 홀가분하게 헤엄치고 싶어. 그래, 평영으로 말이야. 흙이야 지구에도 있으니까."

"그래도 수영을 못 하니 앞으로 못 가지 않아?"

내가 말했다.

"얘가, 안. 실례잖아. 엄마는 소주병이 아니야. 25미터는 무리라도 그 절반 정도는 갈 수 있으니까. 그리고 우주라면 가라앉지 않으니까 헤엄칠 수 있지. 느긋하게."

나는 엄마가 우주를 헤엄치는 모습을 상상하고 별로 로맨틱하지 않다고 생각했다. 그리고 소주병이 아니라 맥주병이야! 속으로만 외쳤다.

"엄마는 우주 유영을 하면서 지구를 바라보고 싶어. 멋지지 않니? 어떠니, 가즈키?"

"응, 멋있네요. 진짜."

오빠는 먹을거리에 집착하지 않으면서도 식탁에 놓인 반찬을 완벽하게 골고루 먹었다. 크로켓을 먼저 먹어버리거나 밥이 남아서 채소 반찬만 먹는 일이 절대 없다. 밥 한 입, 크로켓 한 입, 우엉조림 조금, 밥 한 입, 토마토 한 입, 이렇게 계획적으로 먹는다. 밥을 먹을 때 오빠의 이마에는 '오빠 로켓'을 조종하는 작은 사람이 앉아 있는 것 같다. 오빠가 "잘 먹었습니다"라고 말하며 젓가락을 내려놓으면, 나는 늘 작은 사람이 "무사 착륙했다"라고 보고하는 것을 듣는 기분이었다.

"오빠, 오빠는 우주에 간다면 무슨 일을 해보고 싶어?"

"그래, 그게 문제야."

오빠의 표정이 심각해졌다.

"지금 그런 걸 모집하고 있어."

"그런 거라니?"

"우주에서 시험해보고 싶은 일이 있는지 우주항공연구개발

기구가 아이디어를 모집하고 있어. 내년에는 국제 우주 정거장에 일본인도 오래 체류하는데, 거기에서 뭘 시도해보면 좋을지 일반인 공모를 하는 거야. 신문에도 관련 기사가 실렸어."

"일반인이라면 엄마도 응모할 수 있는 거니?"

엄마도 흥미를 느끼나 보다.

"당연히 엄마도 할 수 있죠. 안도 좋은 아이디어를 보내서 채택되면 실제로 우주에서 실험해줄지도 몰라."

"저요!"

엄마가 손을 번쩍 들었다.

"세탁은 어떨까? 달에 빨래를 널면 얼마나 빨리 마를지 실험해줬으면 좋겠어."

"너무 서민적이지 않아?"

내가 핀잔을 주자 엄마가 말을 받았다.

"어머, 안. 생각보다 중요한 일일지도 몰라. 그래, 앞으로 지구에 무슨 일이 생길지 모르잖니. 언젠가 달에 살게 된다면 세탁도 꼭 해야 하잖아."

"바보 같아. 그렇지, 오빠."

오빠는 젓가락을 내려놓고 팔짱을 낀 채 아래를 내려다보고 있었다.

"우주에서 세탁이라."

음음, 하고 고개까지 끄덕인다.

그런데 실제로는 어떻게 되려나?

"오빠, 달에 빨래를 널면 어떻게 돼?"

"그러게."

팔짱을 풀고, 오빠는 의자에 깊숙이 고쳐 앉았다.

"달의 하루는 지구의 30일이니까 낮이 길어서 빨래가 잘 마를지도 모르겠다."

오빠의 말을 듣고 엄마는 "어머, 30일이면 너무 기네" 하고 말했다.

오빠의 설명이 이어졌다.

"하지만 우주는 진공이니까 빨래가 얼어버릴지도 몰라."

"진공이면 얼어?"

내가 물었다.

"진공이면 물은 일단 끓어오르거든. 이건 기압하고 관계가 있는데, 예를 들어 후지산 정상에서 밥을 지으려면 압력밥솥이 필요하다는 거, 알고 있니? 정상처럼 기압이 낮으면 물의 끓는점이 낮아져. 그러니까 100도보다 낮은 온도에서 끓어. 반대로 기압이 높아지면 100도를 넘어도 끓지 못하고. 압력밥솥으로 요리할 때 밥이 빨리 되잖아. 그런 원리야."

오빠는 밥 먹는 것도 잊고 설명했다.

"하던 얘기로 돌아갈게, 안. 압력이 점점 낮아지면 끓는점도 낮아져. 그러다가 끓는점이 상온까지 도달해서 끓기 시작하지. 그리고 끓은 물은 바로 얼어버려. 조금 어려울 수도 있겠는데……."

"빨래가 딱딱하게 어는 거야?"

"으음, 모르겠다. 컵에 든 물은 진공 상태가 되면 끓어서 어는데, 빨래처럼 수분이 소량일 경우는 수분이 증발해서 안개 상태가 되니까 이 안개가 얼 것 같기도 해. 그러니까 빨래는 냉동건조 식품 같은 상태가 될듯한데 직접 해보지 않으면 모르는 거겠지."

오빠가 말했다.

"오빠. 왠지 예쁠 거 같다. 빨래의 안개가 얼다니."

"안, 알고 있니? 우주 비행사가 우주 공간에 오줌을 방출하면 얼어서 안개 상태가 된 오줌이 반짝반짝 빛나 보여."

오빠가 말하자 엄마가 얼굴을 찌푸렸다.

"가즈키, 먹을 땐 그런 얘기 하는 거 아니야."

하지만 오빠는 꿈쩍도 하지 않았다.

"그런데 빨래 색에 따라서도 건조가 달라지지 않을까? 태양의 영향을 받으니까. 하얀 옷은 반사율이 높으니까 온도가 상승하지 않아서 제일 먼저 얼어. 까만 옷은 반사율이 낮으니까 온도가 상승해서 금방 증발을 시작할지도 몰라. 이왕이면 달에서도 새벽이 된 장소에 널면 태양열도 괜찮을 테니까 말린다면 거기가 좋을 거예요, 엄마."

오빠가 진지하게 대답해주니까 엄마는 의기양양해졌다.

"이것 보렴, 안. 엄마 질문, 나쁘지 않은 것 같지? 엄마, 이 아이디어 응모해볼까?"

그러자 오빠가 말했다.

"그런데 엄마, 모집하는 실험 대상은 10분 정도면 해결할 수 있는 일이에요. 이건 시간이 좀 걸릴 것 같아요. 그리고 이번에는 달에 가지 않으니까."

우리가 이런 이야기를 하고 있는데 아빠가 퇴근했다. 출장 선물은 하기노츠키*라는 동그랗고 노란 과자였다.

아빠에게도 같은 질문을 했더니,

"실험도 좋지만 아빠는 달에 가면 아무것도 하지 않고 일주일쯤 자고 싶어."

라는 대답이 돌아왔다.

---

* 센다이의 명물 과자로, '싸리 달'이라는 뜻이다.

"안나, 그냥 가보기라도 하자. 운 좋게 만날 수도 있으니까. 나, 응원할게."

체육대회에서 이시모리 선배의 사진을 찍지 못해 책임감을 느끼는 미즈호가 집요하게 졸라서, 학원에 가기 전에 이시모리 선배의 집에 가보기로 했다. 말은 이렇게 해도 그냥 자전거를 타고 이시모리 선배의 집 앞을 지나가는 것뿐이다.

이시모리 선배와 딱 마주쳐도 절대로 말을 걸진 못할 것이다. 그래도 학교가 아닌 곳에서 이시모리 선배를 보고 싶었다.

이시모리 선배의 주소는 미즈호가 육상부 친구한테서 입수했다. 우리 집에서는 조금 멀고 미즈호의 집에서는 가까웠다.

우리는 각자 자전거를 타고 이시모리 선배의 집으로 향했다. 나는 얼마 전에 산 새 치마를 입고 있었다. 가게에서 엄마는 치마가 너무 짧다고 얼굴을 찌푸렸는데, 저울질하던 다른 치마의 가격이 더 비싸다는 것을 알고는 "뭐, 어리니까 이런 것도 괜찮겠지"라며 짧은 치마로 합의했다.

"아마 이 근처 같은데."

미즈호의 자전거를 따라갔다. 저녁 무렵의 하늘에서는 까마귀가 깍깍 울어댔고, 어느 집에서나 구수한 참기름 냄새가 났다.

문패를 확인하면서 움직여야 해서 우리는 느릿느릿 운전을
했다.

"3-15니까…… 아, 안나. 여기다."

미즈호가 속삭이면서 가리킨 집의 문패에는 이시모리라고
적혀 있었다. 심장이 괴로울 정도로 쿵쿵 뛰었다.

우리 집보다 낡았지만 조금 큰 집이었다. 하얀 담 너머로 키
작은 나무가 있고, 2층 베란다에는 빨래가 널려 있었다. 이시
모리 선배가 늘 입는 체육복이 빨래 건조대에 널려 있는 것을
보자, 심장이 더 시끄럽게 뛰었다.

이시모리 선배의 집을 지나친 우리는 30미터쯤 갔다가 다
시 돌아가보기로 했다. 이시모리 선배의 집이라고 생각하니
까 아주 특별한 건물 같았다. 나를 위해 이렇게 함께 해주는
미즈호의 마음 씀씀이가 고맙고 기뻤다.

다시 이시모리 선배의 집 앞을 지나는데, 안에서 이시모리
선배의 목소리가 들렸다.

"엄마! 잠깐 기다리라니깐."

나와 미즈호는 얼굴을 마주 보고 묵묵히 큰길로 나가 근처
편의점 앞에 자전거를 세웠다.

"아까 이시모리 선배 목소리였지."

미즈호가 말했다.

"응……. 이시모리 선배, 누나만 한 명 있다고 했으니까."

나는 힘없이 대답했다. "엄마, 잠깐 기다리라니깐"이라고
한 이시모리 선배의 어린애 같은 말투가 충격이었다. 조금 더
어른스럽고 냉정한 사람이라고 생각했는데.

"다행이다, 안나. 목소리를 들어서."

미즈호는 지레 밝은 목소리를 냈지만 아마 나와 비슷하게
느꼈을 것이다.

나는 이시모리 선배를 좋아하는 감정이 아주 조금 시들었
다. 그렇지만 미즈호에게 그런 말을 하기는 꺼려져서 "응, 고
마워" 하고 웃었다.

축제에는 반별로 합창, 악기 연주, 연극 중에서 선택해 참석
한다.

1학년 때 우리 반은 합창을 선택했다.

"상 같은 거 받아도 뭐에 쓰냐."

다들 이런 소리를 하며 대충 연습했으면서, 축제 당일에는
완전히 흥분해서 "다른 반한테 절대로 지지 않겠다!" 하며 투
지를 불태웠다. 우리 반이 준우승이라는 발표를 들은 순간
체육관에서 울음을 터뜨린 아이가 있었고 아무리 그래도 그
건 좀 심하다 싶어 보는 내가 다 부끄러웠는데, 이런 것도 나

쁘지 않다고 생각했다.

지금은 6교시. 회의를 하는 중이다. 학급 임원인 아키야마와 마시타가 교단에 서서 축제 관련 회의를 진행하고 있었다.

다수결로 우리 반은 합창에 지원하기로 했다. 합창은 매년 희망하는 반이 많아서 제비뽑기로 정해야 한다. 제비뽑기에서 떨어지면 지원하는 반이 적은 연극을 하게 되니까 어떤 의미에서 도박이었다. 연극은 준비할 것이 워낙 많아서 인기가 없다. 작년에 연극을 한 미즈호는 두 번 다시 하고 싶지 않다고 했다.

다음 논의거리로 칠판에 분필로 '꽃다발 증정 담당 1명'이 적혔다.

"누구 하고 싶은 사람 없습니까?"

아키야마가 말했다.

손을 드는 사람이 없어서 아까부터 곤란한 표정이었다.

축제 마지막에는 매년 직업 피아니스트의 미니 콘서트가 열린다. 피아니스트는 늘 같은 사람인데, 나이를 먹은 할아버지로 외국의 큰 상을 받은 유명인이라고 했다(1학년 때 처음 봤는데 모르는 사람이었다). 그 할아버지가 연주를 마쳤을 때 꽃다발을 증정하는 사람을 정하는 중이었다.

"누구 하고 싶은 사람 없어요? 평생의 추억이 될 거예요."

마시타가 조금 농담하듯이 말하자 작게 웃음이 터졌다.

"가위바위보로 진 사람이 하면 어때?"

내 옆자리의 우메키가 말했다. 우메키는 야구부 포수인데, 한 살 위인 형도 포수여서 친한 남자 친구들 사이에서는 더블 포라고 불린다. '더블로 포수'를 줄인 말이다.

"그럼 가위바위보로 정할까요?"

학급 임원인 아키야마가 말하자 교실에서 다들 "좋아요" 하는 김빠진 대답이 울렸다.

그때 창가에 서서 상황을 지켜보던 담임선생님 니시곰이 "그건 좀 그렇지 않니?" 하고 입을 열었다.

니시오카 선생님은 사회과 담당인데 덩치가 크고 체모가 무성해서 반달가슴곰 같다. 우리가 장난으로 "니시곰!"이라고 불러도 늘 씨익 웃는다.

"가위바위보에서 진 사람이 하는 건 좀 이상하지 않아?"

니시곰은 우리가 회의해서 정한 사항에 웬만하면 참견하지 않는데 오늘은 달랐다. 왠지 화가 난 것처럼 보였다.

"다들 알고 있겠지만 피아니스트인 나카가와 선생님은 우리 학교 졸업생이야, 그러니까 여러분의 대선배지. 나카가와 선생님은 이 중학교에서 피아니스트가 되기도 했고 이 꿈을 응원해준 선생님과 만나서 직업 연주자의 길을 가기로 했어.

알고 있지?"

조금 전까지만 해도 나른한 분위기였던 교실이 니시곰의 조용하지만 위엄 넘치는 목소리로 바싹 긴장했다. 뒤에 앉은 미즈호도 책받침으로 내 뒷머리를 부채질하다 잠깐 멈췄다.

"나카가와 선생님은 젊은 나이에 세상을 떠난 그 선생님께 감사하다는 말을 하지 못했어. 그래서 조금이나마 은혜를 갚으려고 50년 가까이 매년, 빠짐없이 우리 축제에 와서 연주해주시는 거야. 그런 분께 드리는 꽃다발을 가위바위보에서 진 사람이 맡는 건, 좀 이상하지 않을까?"

가위바위보를 제안한 더블 포는 어쩔 줄 몰라 고개를 숙이고 있었다.

니시곰의 말은 옳았다.

나도 가위바위보에 찬성했지만 마음속으로 얼른 철회했다.

참고로 피아니스트인 나카가와 선생님이 은사와 만난 것은 2학년 때이고 당시 1반이어서 마지막 행사인 꽃다발 증정은 매년 2학년 1반 학생이 하고 있다. 우리는 2학년 1반 학생이다.

꽃다발 증정은 갑자기 중요한 임무가 되어 우리 앞으로 돌아왔다.

사실 나는 꽃다발 증정을 해보고 싶었다. 전교생 앞에서 유명인에게 꽃다발을 증정하는 기회는 좀처럼 없을 테고, 무대에 선 나를 이시모리 선배에게 보여주고 싶었다.

"저번에 꽃다발을 드린 애지."

어떤 기회로든 이시모리 선배가 말을 걸어줄 가능성이 있을지도 모른다. 만약 그렇게 말을 걸어준다면, "엄마! 잠깐 기다리라니깐"이라고 말한 순간의 선배를 기억에서 봉인해도 좋다.

그렇다고 해서 입후보할 순 없었다. 나는 그런 성격이 아니니까 갑자기 하겠다고 하면 미즈호는 놀라서 기절초풍할 것이다.

니시곰의 말은 옳지만, 나는 가위바위보에서 운 좋게 져서 "싫어, 하기 싫단 말이야"라고 곤란한 척을 하며 꽃다발 증정을 맡게 되기를 기대하고 있었다.

"그럼 투표로 정하면 어떨까요?"

학급 임원인 아키야마가 제안했다.

이것이 나와 미즈호 사이에 깊은 틈을 만드는 사건이 될 줄이야, 그때는 상상도 하지 못했다.

싫은 일이 있을 때, 어린이에게는 기분을 풀 장소가 없다.

어른처럼 술을 마실 수 없고, 돈이 없으니까 쇼핑으로 해소할 수도 없다. 어디든 멀리 혼자 여행을 가고 싶어도 매달 받는 용돈으로는 턱없이 부족하다. 혹시 돈을 마련했다 하더라도 우리가 멀리 가면 가출이 된다.

저녁을 먹으면서 엄마와 싸우고 말았다.

학부모회 유인물을 깜박하고 주지 않았는데, 엄마는 내가 일부러 감춘 것처럼 말했기 때문이다.

유인물에는 최근 학교에 과자를 가져오는 학생이 많다거나, 여학생이 치마 길이 규정을 위반했다는 등의 내용이 지루하게 이어지고 있었다. 엄마에게 유인물을 주기 귀찮다고 생각하긴 했지만 그렇다고 감춘 것은 아니다. 정말로 깜박했다.

"학교에서 나눠준 유인물, 있을 텐데?"

다 알고 있다는 듯이 형사처럼 따지는 엄마의 말을 듣고 처음에는 무슨 소리인지 몰랐다. 어차피 동네에 사는 동급생 엄마들에게서 먼저 정보를 들었을 것이다.

유인물을 건네자,

"이거, 네 얘기 아니니?"

휴대전화를 학교에 가져오는 학생이 있다는 내용을 엄마는 일부러 읽었다.

"체육대회 때 압수당했잖아."

"그런 애, 나 말고도 많아."

"어찌됐든 너도 그중에 한 명이잖아?"

"그건 그렇지만."

"내년에는 고등학교 시험이 있으니까 슬슬 정신 좀 차려야 지."

알고 있다.

이미 알고 있는 소리를 들으면 도장이 꾹 찍힌 기분이 든다. 더럽히고 싶지 않은 마음의 하얀 공간에.

지긋지긋하다. 과자도, 치마 길이도, 휴대전화도.

그래도 미즈호를 생각하면 전부 다 아무래도 좋았다.

나는 밥을 먹던 도중에 일어나 쥐고 있던 젓가락을 식탁에 내던졌다. 상상 이상으로 큰 소리가 나서 '악, 조금 심했다' 하고 생각했다. 아빠도 오빠도 아직 돌아오지 않아서 집에는 나 와 엄마뿐이었다.

젓가락을 내동댕이쳤을 때, 엄마는 순간적으로 겁먹은 표 정을 지었다. 아주 잠깐이라도 나를 무서워했다고 생각하니 점점 더 화가 났고, 동시에 딸인 나를 믿어주지 않아 슬퍼졌 다. 엄마의 그런 한심한 표정을 보고 싶지 않았다.

나는 3층 방으로 달려 올라가 문을 잠갔다. 초등학생 때라 면 울었을지도 모르지만 열네 살인 나는 이제 울지 않는다.

일부러 불도 켜지 않고 카펫 위에 쪼그리고 앉았다. 오늘 은 1년 중에 일몰이 제일 빠르다고, 아침에 오빠가 말했다.

아직 7시도 안 됐는데 하늘은 한밤중 같은 얼굴을 드러내고 있었다.

침대에 기대 크게 한숨을 내쉬었다.

한숨은 자연스럽게 나오는 걸까?

나는 늘 한숨을 쉬어야겠다고 생각한 뒤에야 한숨을 쉰다. 어른이 되면 그럴 필요도 없이 아빠처럼 멋있는 한숨을 자연스럽게 쉴 수 있을까.

내 방에 틀어박히는 것의 단점은 두 가지다.

배가 고프고, 화장실에 가지 못하는 것.

틀어박힌 지 두 시간. 슬슬 방광에 한계가 왔다. 후딱 갔다가 후딱 돌아오면 좋겠지만, 왠지 그러면 '진 것' 같아서 좀처럼 가지 못한다. 일어서지 못하겠지만 이제는 가는 수밖에 없어……

그래도 볼일을 계속 참았다고 여겨지기는 싫어서 전혀 서두르지 않는 표정으로 계단을 내려갔다.

화장실은 2층 복도에 있으니까 거실에 있는 엄마에게는 보이지 않겠지만, 집의 방음이 엉망이어서 걷는 소리가 잘 울린다. 최대한 들키지 않게 닌자 같은 발놀림으로 화장실에 갔다.

화장실에서 나오다가 아르바이트를 마치고 돌아온 오빠와

마주쳤다.

"안, 재미있는 거 샀는데 볼래?"

오빠는 오른손에 든 종이봉투를 들어 보였다.

지금은 오빠를 이용하는 수밖에 없다.

저녁을 먹던 도중에 일어나서 배고픔도 한계에 다다랐다. 부엌 찬장에 감자칩이 있으니까 그걸 가져다가 방에서 몰래 먹어야지.

오빠 뒤를 따라 거실로 가자 엄마는 소파에 앉아 텔레비전을 보고 있었다.

나를 보더니,

"가즈키, 밥은 직접 퍼서 먹을래? 엄마, 목욕 좀 하고 올게. 안도 얼른 먹으렴."

이라고 말하고 1층으로 내려갔다. 일단은 내게 마음을 써준 것이다.

입을 헹구고 손을 씻고 돌아온 오빠와 마주 앉아 밥을 먹었다. 아까 먹다가 팽개친 내 접시에는 랩이 씌워져 있었다.

"안, 오늘은 늦게 먹네."

"으응……. 그런데 오빠, 재미있는 게 뭐야?"

"달이야."

"달?"

"그래, 달. 나중에 보여줄게."

밥을 다 먹고서 오빠가 봉투에서 꺼낸 상자에는 달이 들어 있었다.

달 풍선이었다.

농구공보다 조금 작은 풍선에 달의 표면 무늬가 인쇄되었고, 거기에 헬륨가스를 넣으면 뜬다고 한다. 같은 상자 안에 소형 헬륨가스 용기까지 들어 있었다.

설명서를 읽기 좋아하는 오빠는 흥흥흥 혼잣말처럼 흥얼거리며 달에 가스를 넣었다.

달이 우리 집 거실에서 두둥실 떠다녔다. 아니, 달이니까 '떠올랐다'고 해야겠지.

"이거 봐, 안. 우리 집만의 달이야."

오빠는 만족스러운 표정으로 달을 지켜보았다. 달은 서 있는 오빠의 머리쯤에 있었다.

"이런 걸 파는구나."

"우리 교수님이 발견하셨어. 얘기를 들으니까 갖고 싶어서 샀지."

오빠의 선생님도 역시 남에게 뒤지지 않는 우주광이구나 싶어서 웃겼다.

"딱 좋다."

"뭐가?"

"오늘은 새로운 달이 뜨는 첫날이니까. 오늘 밤에는 달이 안 보이잖아?"

창밖을 내다보니 오빠의 말처럼 달이 뜨지 않았다.

"있잖아, 오빠. 달 위에서 보면 지구가 얼마나 크게 보일까?"

"지구에서 본 달의 열여섯 배 정도 클 거야. 그래도 열여섯 배라고 말로 하면 상상하기 어렵지."

"응."

"그렇지. 좀 다른 시점에서 보면, 그래, 안. 엄마의 밸런스볼 기억해?"

"응, 기억하지. 금방 질렸다고 했어."

"밸런스볼은 지름이 1미터 정도였던 걸로 기억하는데, 그걸 지구의 크기라고 해볼까?"

"응."

"그러면 달은 비치볼 정도 크기가 되겠지. 그 비치볼은 밸런 스볼에서 30미터 정도 떨어져서 돌고 있어."

"어, 30미터나 멀리? 학교 수영장이 25미터니까 그보다 더 멀리 있는 거네? 달이랑 지구가 멀리 떨어져 있는 건 알았는 데, 생각보다 더 멀다."

"멀긴 해도 우주 전체로 생각하면 달과 지구는 옆집이지."

오빠는 우리 집에 떠오른 달을 검지로 콕콕 찔렀다.

일주일 전, 교실에서 꽃다발 증정 담당을 정했던 투표.

학급 임원인 아키야마가 말했다.

"제일 어울리는 사람이 해야 한다고 생각합니다."

2학년 1반의 대표로서 부끄럽지 않을 사람. 피아니스트인 나카가와 선생님에게 꽃다발을 건네는 것은 중요한 임무가 되었다. 그런데 대체 그걸 누가 하지?

장난 투표는 할 수 없는 분위기였다.

투표용지로 쓸 종이가 돌려지고 10분 후에 걷기로 했다.

나는 진지하게 생각했다. 역시 학급 임원인 두 사람 중 한 명?

하지만 아키야마는 조금 믿음직스럽지 못하다. 강한 자에게 굽실거린다고 할까. 마시타는 남자에게 지나치게 애교를 떠는 면이 있다. 애초에 이 두 학급 임원도 가위바위보로 정했다. 가위바위보에 진 사람을 '제일 어울리는 사람'이라곤 할 수 없다.

그렇다고 제일 공부를 잘하는 야노도 좀 아닌 것 같고, 유모토는 재미있어서 인기가 있지만 교복 어깨에 늘 비듬이 떨어져 있다. 절대 어울리지 않는다.

이리저리 머리를 굴리며 교실을 살피는데, 구로키의 하나로 묶은 길고 예쁜 머리가 눈에 들어왔다.

그래, 저 애라면 괜찮을 것 같다.

다정하고 공부도 잘하고 남 험담하는 소리도 들어본 적이 없다. 어려서부터 발레를 배워서 늘 등을 꼿꼿하게 펴고 있다. 대단한 미인은 아니지만 예쁘장하고, 무대 위에서 꽃다발을 건네는 역할로 손색이 없다.

구로키의 꿈은 간호사였나, 간호복지사였나, 아마 그랬을 것이다. 훌륭한 꿈이다. 벌써 하고 싶은 일을 확실히 정하다니, 정말 야무지다.

꽃다발 증정 임무에 가장 어울리는 사람은 구로키를 제외하면 없을 것 같았다.

나는 투표용지에 '구로키'라고 작게 써서 제출했다.

"오빠, 달에는 언제쯤 살 수 있을까?"

거실에 뜬 달 풍선을 질리지도 않고 바라보는 오빠에게 물었다.

"글쎄, 언제일까? 모르겠다. 그래도 우리가 살아 있는 동안에는 일반인이 이주할 순 없을 거야."

"그렇구나."

"안, 달에서 살고 싶어?"

"내일부터 살 수 있으면 살아도 좋을 것 같아."

"달에 가도 아직은 놀 곳이 없을 텐데."

"괜찮아. 아무것도 없는 곳에 가고 싶으니까."

"아무것도 없는 곳이라……."

오빠는 중얼거리며 오른손 엄지로 턱을 문질렀다.

"그런데 안. 별 이외에는 아무것도 없어 보여도 우주에는 아직 잘 모르는 무언가가 있어."

"그게 뭔데, 우주인? 그런 거 난 안 무서워."

"우주인이 있는지는 잘 모르지만, 아직 잘 모르는 무언가가 꼭 생물을 말하는 것은 아니야. 우리에게 보이지 않는 것이 가득 채워져 있어, 저 우주에는."

"그래?"

"지금 우주에서 감지할 수 있는 건 아주 일부야. 예를 들면 빛이나 전파나 X선이나 적외선인데, 이걸 다 합쳐도 우주 전체의 겨우 5퍼센트에 지나지 않아."

"그럼, 나머지, 어어."

"95퍼센트."

"그래, 나머지 95퍼센트는 뭐야?"

"암흑물질이나 암흑에너지. 존재한다는 건 아는데 아직 파악하지 못했어."

"대학교 교수도?"

"그래. 하지만 계속 해명하려고 노력하고 있어. 암흑에너지는 진공에너지일지도 모른다고 추측해. 아무것도 없는 공간에서 에너지가 커지는 신기한 성질을 지녔어. 이 에너지가 점점 커지다 보면 언젠가 모든 물질이 사라질 수도 있다고 생각하는 사람도 있어."

"왠지 무섭다……."

나는 정체 모를 암흑에너지가 무서웠다.

"있잖아, 오빠. 그 암흑에너지를 해명하면 우주에서 그게 전부 사라질까?"

"그건 모르겠어. 그래도 사라지진 않을 것 같아."

오빠는 미안하다는 듯이 대답했다.

"그럼 알아도 손을 쓸 수 없잖아."

내가 말하자 "그렇지" 하며 오빠는 달 풍선을 양손으로 붙잡았다. 그리고 말했다.

"그래도 아는 게 더 좋아."

"아는 것만으로 좋아?"

"그런 것까지 해명해내서 다 같이 기뻐하는 것도 대단하잖아."

"그런 게 좋은 거야?"

"좋은 거야, 안."

"이상해."

오빠가 웃을 때, 목욕을 마친 엄마가 거실로 돌아왔다.

"어머, 그게 뭐니? 달?"

엄마가 일부러 밝은 목소리로 대화에 끼어들었지만 나는 고개를 휙 돌려 내 방으로 돌아갔다.

그날, 꽃다발 증정자 선정 투표는 금방 개표했다.

내가 찍은 구로키가 아홉 표로 1위였다. 2위인 야노는 여섯 표. 나머지는 두 표, 한 표가 이어졌다. 그리고 표를 하나도 못 받은 아이가 반에 열네 명.

열네 명.

그 안에 내가 있었다.

나는 뜻밖에도 상처를 받았다.

그렇다고 내가 반을 대표하기에 어울리는 사람이라고 생각하진 않는다.

0표. 그야 그렇겠지,라고 생각한다. 그런데도 분명히 상처를 받았다. 누구도 뽑아주지 않았다는 사실에.

그날 방과 후에 나는 구로키에게

"축하해!"

하고 환하게 웃으며 말했다. 풀이 죽었다고 여겨지기 싫었으니까. 아홉 표를 얻은 구로키는 늘 그렇듯이 다정하게 웃으면서 "고마워"라고 대답했다.

그렇지만 아무리 다정하게 웃어주어도 구로키가 내 이름을 적지 않은 것은 분명한 사실이다. 나는 구로키를 조금 싫은 녀석이라고 생각했다.

아니, 그보다 문제는 미즈호다.

미즈호는 내게 투표해주지 않았다. 제일 사이가 좋은데. 그렇게 생각하니 화가 났다.

하지만…….

나도 미즈호에게 투표하지 않았다. 미즈호도 나처럼 한 표도 못 얻은 아이 중 한 명이었다.

사이가 좋다는 이유로 투표할 순 없다.

나는 투표하기 전에 생각했다. 왜냐하면 그런 건 얌체 같잖아.

투표하고 일주일이 지난 지금도 나와 미즈호 사이에는 보이지 않는 벽이 있었다. 아까 오빠가 말한 탐지할 수 없는 우주의 암흑에너지 같았다.

생각하면 생각할수록 전부 다 싫어진다.

학부모회 유인물을 깜박하고 주지 않은 것을 일부러 그랬다고 말한 엄마. 투표해주지 않은 미즈호. 그런 사실에 상처를 받은 나 자신.

내일도 학교에서 미즈호와 일부러 깔깔대야 할 분위기가 싫었다. 서로 투표 이야기는 전혀 언급하지 않는 것이 오히려 답답했다.

아마 미즈호도 나와 같은 마음일 것이다. 내가 투표해주지 않은 것이 신경 쓰이고, 또 내게 투표하지 않은 것을 미안해하고 있겠지.

침대에 누워서 생각했다. 필사적으로.

앞으로 남은 인생에 좋은 일 따위 하나도 없어도 좋다. 대신에 싫은 일을 하나도 떠넘기지 않겠다고 약속해줬으면 좋겠다고 생각했다. 그러는 편이 아마도, 분명 훨씬 더 행복할 것 같았다. 좋은 일도 싫은 일도 없이 그저 평범하고 평온하게 인생을 살고 싶었다. 울지 않아도 된다면 두 번 다시 웃지 못해도 괜찮다. 악마가 있다면 거래해도 좋다. 지금, 여기에서. 지금 이 자리에서 당장. 그런 생각을 했다.

싫은 일은 왜 좋은 일보다 더 오래가는 걸까?

아무리 즐거운 일이 많아도 싫은 일이 딱 하나 있으면 그게 더 무겁다.

노크 소리가 들렸다.

"안, 아직 안 자니?"

"응."

문을 열자 오빠가 달과 함께 서 있었다. 헬륨가스로 떠 있는 달 풍선과.

"안, 이 달은 어둠 속에서 발광해. 볼래?"

"볼래."

오빠한테 화풀이할 마음은 전혀 없었다. 오빠는 우리 집의 어린 왕자니까.

문을 닫고 형광등을 끄자 달이 희미하게 빛났다.

"우아, 진짜로 빛난다."

"장난감으로는 딱 좋지?"

내 방에 달이 휘영청 떴다. 손을 뻗으면 간단히 닿는 달. 어둠 속에서도 오빠의 자랑스러운 표정이 보이는 것 같았다.

"오빠, 이제 진짜 달은 그만 관찰해도 되지 않아? 이거라면 언제든 보름달을 볼 수 있잖아. 전에 학교 수업으로 플라네타륨에 갔는데 진짜보다 더 예쁜 별하늘을 볼 수 있었어. 이제부터 추워지는데 밖에서 관찰하느니 플라네타륨에서 공부하는 게 훨씬 더 좋지 않아?"

"안, 불 켤게."

반짝 하고 켜진 형광등에 눈이 부셨다. 불빛 아래에서 본 오빠 얼굴이 너무 반가워서 갑자기 나는 울고 싶어졌다.

"안. 나도 플라네타륨을 좋아하고 지금도 시간이 있으면 가. 네 말처럼 도쿄의 밝은 하늘에서는 보이지 않는 별을 플라네타륨에서 볼 수 있으니까."

오빠는 숨을 크게 들이쉬었다.

"하지만 안. 플라네타륨과 진짜 밤하늘은 결정적으로 다른 점이 있어. 그게 뭐라고 생각해?"

"뭐야?"

"새로운 별을 발견할 수 없어."

오빠는 그렇게 말하고서는 내 방에 달을 남기고 자기 방으로 돌아갔다. 하룻밤 빌려주겠다고 했다. 제안을 고맙게 받아들인 나는 나만의 달 아래에서 눈을 감았다. 오늘 밤에는 미즈호에게서 문자가 딱 한 번 왔다. 내 문자와 마찬가지로 이상하게 잔뜩 흥분한 긴 문자. 둘 다 무리하고 있는 느낌이었다.

다음 날 아침, 2층으로 내려가자 엄마가 CF 노래를 흥얼거리며 주먹밥을 만들고 있었다.

"어머, 잘 잤니."

엄마의 태도에서 어제 일은 어제 일로 두자는 은근한 휴전 제안이 느껴졌다. 나는 어제저녁에 이어서 계속 무시해도 상관없었는데 일단 "안녕히 주무셨어요"라고 말해두었다.

냉장고에서 오렌지 주스를 꺼내 컵에 따르고 소파에 앉았다. 기분이 너무 우울하다.

미즈호의 성격이 나쁜 것은 절대로 아니다.

그렇지만 투표하기에 미즈호는 적절하지 않았다.

미즈호는 싹싹하고 붙임성이 좋지만 약간 장난기가 지나친 면이 있고, 빌려준 만화책을 잘 돌려주지 않고, 약속을 해도 늘 늦잠을 자서 늦는다. 꽃다발을 증정하는 날에도 분명히 지각할 것이다. 아무리 생각해도 미즈호는 어울리지 않았다. 진지하게 고민한 끝에 나는 구로키에게 투표했다.

그리고 생각했다.

나도 어울리지 않는다. 나는 사람들 앞에서 의견을 말하는 데 서툴고, 긴장하면 귀가 새빨개진다. 초등학교 졸업식에서는 교장 선생님이 주는 졸업장을 받을 때, 손이 떨려서 받느라 고생했다. 꽃다발은 절대 건네주지 못할 것이다. 미즈호도 내 성격을 잘 알고 있다.

부엌에서 엄마 목소리가 들렸다.

"밥 다 됐다."

식탁에는 주먹밥과 된장국과 스크램블드에그와 과일 샐러드가 있었다. 일본식인지 서양식인지 도무지 모를 조합이었다. 엄마가 만드는 요리는 조금 어설프기는 하지만 그래도,

'든든하게 먹어야 해!'

라는 의미가 담긴 정체불명의 에너지를 받을 수 있다.

"얘, 안."

엄마가 묘한 표정을 하고 창밖을 바라보았다.

"또 건너편 빨래 얘기야? 엄마, 너무 뚫어지게 바라보는 거 안 좋아."

"아니, 그게 아니고 집 앞에 있는 저 애, 네 친구 아니니?"

놀라서 고개를 돌리자 분명 교복을 입은 미즈호가 있었다. 나는 계단을 뛰어 내려가 잠옷 차림으로 밖에 나갔다.

"미즈호."

"나, 와버렸어."

"응."

"그 잠옷 귀엽다."

"아, 이거? 오래 입어서 이거 봐봐. 무릎 쪽이 너덜너덜해."

"그래도 귀여워."

"언제 왔어?"

"조금 전에."

"미안해, 몰랐어."

"있잖아, 안. 우리는 참 좋다고 생각해."

고개를 숙이고 있어서 미즈호의 표정이 잘 보이지 않았다. 미즈호는 말했다.

"왜냐하면 우리는, 우리 세계 밖에 있는 애도 좋다고 생각할 수 있으니까."

투표 이야기다. 미즈호의 말이 옳다고 생각했다.

교복 치마 아래로 보이는 미즈호의 무릎에는 쓸린 상처가 가득하다. 조심성이 없는 미즈호.

"맞아. 나도 정말 그렇게 생각해."

나도 말했다.

"그리고."

미즈호는 고개를 들고 말했다.

"응."

"우리, 자기 자신에게 투표하지 않았다는 것만은 당당하게 애들에게 보여준 거 아닐까?"

아아, 그렇구나, 그렇게도 생각할 수 있구나. 나는 미즈호의 말에 무심코 웃고 말았다.

"응, 응. 그렇다고 생각해."

2학년이 되어 지금 반에 배정되었을 때, 나는 조금 불안했다. 아는 아이들은 몇 명 있었지만 같이 지내고 싶은 아이들은 아니었기 때문이다.

그런데 나와 미즈호는 자연스럽게, 아주 빨리 친해졌다. 출석 번호가 이어져서 대화를 나눌 기회가 있기도 했지만, 그렇지 않았어도 분명 우리는 친해졌을 것이다.

"그때, 기뻤어."

미즈호가 말했다.

"언제?"

"2학년 시업식 날. 내 물통을 보고 안나는 웃지 않았으니까."

미즈호는 찬 음료를 마시지 못했다. 음료뿐만 아니라 아이스크림도 먹지 못한다. 배가 차가워지면 몸 상태가 안 좋아지기 때문이다. 그래서 여름이라도 작은 스테인리스 물병에 따뜻한 물을 채워서 다닌다.

"처음에 다들 웃었어. 아줌마 같다고. 그래도 안나는 맛있을 것 같다고 했어."

"그야, 맛있을 것 같았으니까."

미즈호는 이렇게 만나러 와주었다. 나는 미즈호를 대단하다고 생각했다. 이건 용기가 아주 많이 필요한 일이다.

미즈호는 싫어하는 사람에게 가식으로도 웃어주지 않지만, 반대로 좋아하는 사람을 위해서라면 정열적이다. 미즈호와 같은 육상부에 소속된 가츠라가 다리 골절로 입원했을 때, 미즈호는 하루도 빠지지 않고 문병을 갔다. 나는 그때 둘을 질투하느라 바빴다. 가츠라가 조금 얄미웠다. 미즈호와 비교하면 나는 정말이지 속이 좁다.

11월 아침은 벌써 겨울 왕국 같았다. 발아래에서부터 차가운 공기가 올라와 무릎 부근이 오싹했다. 이런 데 오래 있으면 미즈호의 배가 차가워진다.

"미즈호, 아침 먹었어?"

"아니."

"그럼 우리 집에서 먹고 가자. 얼른 들어 와."

"어, 괜찮아?"

"괜찮지, 당연히. 아빠랑 오빠는 벌써 나갔고 엄마밖에 없으니까 신경 쓰지 마. 그리고 어제저녁에 엄마랑 좀 싸워서 네가 있어주면 진짜 고마울 것 같아."

"그럼, 잠깐 들어갈게……."

미즈호와 같이 아침밥을 먹겠다고 했더니 엄마는 미즈호에게 앉으라고 하는 것도 깜박하고 수다를 떨기 시작했다.

"미즈호, 아줌마는 계속 꿈꿨다? 딸의 친구한테 과자를 내

주는 그런 거. 마치 앤과 다이애나의 세계 같지 않니? 미즈호. 아줌마는 《빨강머리 앤》을 정말 좋아해. 읽어본 적 있니? 《빨강머리 앤》 말이야. 어머, 아직 안 읽었니? 아쉽다, 읽으면 재밌을 거야. 우리 애들도 어려서 자주 읽어줬는데 직접 읽으려고 하진 않는다니까. 어릴 때 자기가 읽어야 제일 좋아. 그리고 어른이 되어서 다시 읽으면 예전에는 깨닫지 못한 새로운 발견을 할 수 있거든. 그런 거, 멋있지 않니? 참, 아줌마는 신혼여행으로 캐나다의 프린스에드워드섬에 갔단다. 《빨강머리 앤》의 무대가 된 곳인데, 알고 있니? 어려서부터 정말 가고 싶어서 얼마나 기뻤는지 모른다. 언젠가 가보고 싶은 곳이 있는 것도 참 멋있어. 미즈호는 어디, 가고 싶은 곳이 있니? 프린스에드워드섬 사진, 괜찮다면 나중에 보여줄게."

"엄마, 《빨강머리 앤》은 됐으니까! 그리고 지금 미즈호에게 만들어주길 바라는 건 간식이 아니라 아침밥이야."

"알고 있어. 얘야, 미즈호. 이 집을 사기 전에는 안도 친구를 데리고 올 공간이 없었잖니? 그래서 이사를 오면 친구를 마음껏 데리고 와도 된다고 했는데, 얘는 전혀 그러지 않는 거야. 그래서 아줌마는 미즈호가 이렇게 놀러 와줘서 기뻐. 앞으로도 종종 와주렴. 오늘은 시간이 너무 이르지만……. 아, 그래도 괜찮아. 그런데 이렇게 일찍 나온 거, 부모님은 아시니? 아줌마가 전화하는 게 좋을까?"

"엄마! 됐으니까 빨리 미즈호 아침밥! 그리고 우리, 내 방에서 먹을 거야."

"애가, 여기서 먹으면 되잖니."

"그만 좀, 엄마!"

엄마는 "알았다, 알았어"라고 하며 부엌으로 사라졌다. 사라지면서 미즈호가 올줄 알았으면 스콘이라도 구웠을 거라고, 한 번도 구워본 적도 없으면서 꿈같은 소리를 했다. 미즈호는 웃고 있었다.

나는 어제 오빠가 한 말을 떠올렸다.

플라네타륨에서는 새로운 별을 발견할 수 없다.

그래, 나는 역시 진짜 하늘을 보고 싶다.

손에 닿는 달 풍선도 좋지만 진짜 달을 보지 못하면 아쉽다.

좋은 일도 나쁜 일도 일어나지 않는 게 좋다니, 그건 진짜 세계가 아니다.

오늘 아침은 학교 가는 길이 유난히 아름다워 보였다. 태양 빛이 지구에 도달하기까지 8분이 걸린다고 오빠가 말했었다. 8분 전의 태양이 나와 미즈호를 비춰주고 있었다. 작은 새들이 공원 나무 위에서 지저귀고 있었다. 엄마가 좋아하는 팔손이 꽃이 꼭 가을 불꽃놀이의 불꽃 같았다.

내 옆에는 미즈호가 있다. 우리는 둘 다 열네 살이다. 이건 46억 살이라는 지구의 나이와 비교하면 '순간'보다도 짧지만, 그래도, 그래도 절대 0은 아니라고 굳게 믿을 수 있다.

6장
밤하늘의 공기

축제도 끝나고 거실에 걸린 달력은 올해 마지막 달만 남았다. 엄마가 사 온 별 특색 없는 유럽 풍경 사진이 실린 달력이지만, 새로운 달의 시작이라고 생각하니 마음이 산뜻해졌다.

그 아래 캐비닛에는 지구의가 아니라 월구의로 장식되어 있다. 선명한 파란색인 지구의와 달리 월구의는 전부 다 회색이고 올록볼록 분화구가 그려져 있을 뿐이었다.

"이런 수수한 걸 보면서 가즈키는 뭐가 그렇게 재미있을까?"

오빠가 월구의를 사 온 밤, 엄마는 정말 기가 막힌다는 표정이었는데, 얼마 지나지 않아 소파에 앉아 "어머, 와아, 이거 좋네. 멋있어!" 하고 감탄하기 시작했다.

뭐가 멋있는지 물었더니, 월구의에 적힌 달의 지명이 로맨틱하다고 했다.

"얘, 가즈키. 달에 지명을 붙인 사람은 누구니? '비의 바다' '무지개의 후미' '이슬의 후미' '꿈의 호수' '위난의 바다'……. 이런 발상은 빨강머리 앤 그 자체야! 이름을 붙인 사람이 혹시 앤이 아닌가 싶을 정도야."

그러면서 《빨강머리 앤》 책을 가져왔다.

"이거, 여기를 좀 보렴. 매슈와 마차를 탄 앤이 이름을 붙인 가로수길은 '환희의 하얀 길'이야. 언덕 너머에 있는 연못에 앤은 '빛나는 호수'라고 이름을 붙였고, 이것 말고도 '연인의 오솔길'이나 '요정의 샘'도 있어. 달 지명이랑 비슷하지 않니? 이거, 좋다. 이 월구의, 거실에 장식해둘까?"

그때부터 월구의는 거실에 없어서는 안 되는 존재가 되었다.

꽃다발 증정 담당자로 뽑힌 구로키는 임무를 완벽하게 해냈다. 가슴을 활짝 열고 등을 꼿꼿하게 편 채로 무대에 올라간 구로키. 당당하게 꽃다발을 건네는 모습을 보고, 나는 갑자기 구로키를 그다지 좋아할 수가 없었다. 설명하기 어려운데, 그냥 배가 꽉 찬 기분이었다.

오늘부터 12월. 슬슬 기말시험 준비를 해야 하는데 나와 미즈호는 동아리 활동을 마치고 역 앞 도넛 가게에서 이력서를 쓰고 있었다.

미즈호가 아르바이트를 하자고 말을 꺼냈다.

미즈호가 다니는 치과가 있는 빌딩의 1층 스낵바 앞을 지나다가 아르바이트 모집 공고를 보았다고 한다.

"중학생은 아르바이트 못 해, 뽑아주지 않을걸?"

내가 말해도 미즈호는 늘 그렇듯이 괜찮다고 우겨댔다.

"괜찮아, 괜찮아. 어떻게든 될 거야."

"안 된다니까, 절대로."

"이력서는 대충 쓰면 돼. 열여섯 살이라고 쓰자."

이런 대화가 오갔는데, 미즈호가 워낙 자신감이 넘쳐서 결국 나까지 '어떻게든 되려나?' 하는 기분이 들었다. 그래서 이렇게 둘이 도넛 가게에 앉아 이력서를 쓰는 중이다. 참고로 아르바이트 일은 문 열기 전 가게 청소였다.

"미즈호. 여기 뭐라고 썼어? 내 장단점."

"그거 나도 지금 고민하는 중이야."

미즈호는 얼음을 뺀 멜론 소다를 빨대로 마시며 미간에 주름을 잡았다. 그리고 말했다.

"안나, 내 장단점이 뭐라고 생각해?"

"으음, 뭘까. 장점은 발이 빠른 거 아닐까?"

"아아, 그렇지, 역시? 나도 그렇게 쓰려고 했어."

미즈호는 이력서 장점 칸에 '발이 빠르다'라고 썼다. 그리고 좀 약하다면서 '실패해도 회복이 빠르다'라고 추가로 적었다.

"단점은?"

"단점이라."

남의 단점은 쉽게 말할 수 없다. 조심스럽게 말했다.

"조금 조심성이 없는 거? 미즈호, 다리를 자주 부딪히잖아."

"그거 뭐라고 쓰면 되지? 조심성이 없다고 쓰기는 좀 그런데."

"그럼 덤벙댄다고 쓰면 어떨까?"

내가 말했다.

"아, 그거, 좋다! 왠지 귀엽기도 하고."

미즈호는 이력서에 '덤벙댄다'라고 썼다.

"안나는 단점 뭐라고 쓸 거야?"

"모르겠어, 뭐라고 쓰지?"

"먹는 게 느리다는 어때?"

내가 그렇게 느리게 먹나?

대놓고 그런 소리를 들으니까 크나큰 단점처럼 느껴진다.

"미안해, 나, 도시락 맨날 느리게 먹어?"

"아니, 별로. 나는 괜찮은데 그래도 느린 편 아닐까?"

나는 미즈호의 의견에 따라 '먹는 것이 느리다'라고 적었다. 발이 빠르다거나 먹는 게 느리다거나, 우리의 장단점은 죄다 속도에 관한 것이다.

"안나의 장점은 글씨를 예쁘게 쓰는 거."

미즈호가 말했다.

스낵바 청소는 등교하기 전에 할 수 있을 것 같았다. 저녁에 가게를 열기 전까지 깨끗하게 해놓으면 되는 모양인지 '빈 시간에 언제든 자유롭게'라고 공고에 적혀 있었다고 한다.

우리는 이력서를 아무렇게나 꾸며서 쓰고 주소까지 거짓말로 썼다. 이름과 휴대전화 번호만 진짜였다.

아르바이트 면접은 가게 문 열기 전인 저녁 6시였다. 그저께 미즈호가 가게로 전화해서 문의했는데, 긴장해서 죽을 뻔했다고 말했다. 전화를 받은 것은 목소리로 미루어 깐깐한 아줌마였다고 한다.

빌딩 1층에는 스낵바가 총 세 곳 있었다. 모두 다 입구가 좁고 안이 보이지 않았다. 한 곳은 월요일에 휴무라는 알림판이 문에 걸려 있었다.

나와 미즈호는 "어쩌지, 어쩌지, 역시 그만둘까?" 하고 덜컥

겁을 집어먹었다. 둘 다 어른스럽게 보이는 옷을 입긴 했지만 머리 스타일이 아무리 봐도 중학생이었다.

"얘, 그만두자, 미즈호. 중학생인 거 틀림없이 들킬 거야."

고등학생처럼 보일 옷을 입긴 했지만, 아무리 엄마의 까만 스웨터를 입었어도 나는 내가 봐도 고등학생으로 보이지 않았다.

"괜찮을 거야, 분명."

미즈호가 문을 두드렸으나 안에서 반응이 없었다. 살짝 문을 밀어보니 자물쇠가 잠겨 있지 않았고, 안에서 여자 목소리가 들렸다.

"뭐야?"

신경질적이고 낮은 목소리였다. 여자는 자리가 일고여덟 석 있는 가게 계산대 안쪽에서 멍하니 담배를 피우고 있었다. 안쪽에 소파 자리도 보였지만 가게는 아주 좁았다. 바닥의 빨간 카펫에는 갈색 얼룩이 잔뜩 묻었고 벽에는 꽃 그림이 걸려 있었다.

미즈호가 기어 들어가는 목소리로 말했다.

"저기, 면접을 보러 왔어요."

여자는 브로콜리처럼 보글보글한 파마를 하고, 가슴이 벌어진 초록색 옷을 입고 있었다. 나이는 잘 모르겠다. 보기에 따라서는 서른으로 보였고, 쉰 정도로도 보였다.

"거기 앉아."

미즈호와 나란히 계산대 앞에 앉았다.

"보여줘, 이력서."

우리가 조마조마해하며 이력서를 내밀자, 교환하듯이 "이거, 먹으렴" 하고 귤을 두 개 주었다. 껍질이 얇아 벗기기 어려운 작은 귤이었다.

이력서를 읽기 시작한 여자가 푸훗 웃음을 터뜨렸다. 그리고 말했다.

"어느 쪽이 이다 씨?"

"저요."

미즈호가 손을 들었다.

"이거 좋다. 장단점. 발이 빠르고 실패해도 회복이 빠르고 덤벙댄다. 아주 좋아."

그러면서 여자는 또 웃었다. 그리고 "나중에 구직 활동할 때도 이렇게 쓰면 좋을 거야. 내가 사장이라면 채용할 테니까."라고 이상한 소리를 했다. 눈가 주름이 깊지 않은 것으로 보아 그렇게 나이 든 아줌마는 아닌가 보다.

"그럼 이쪽이 오구라 안나 씨겠네."

다음으로 나를 보았다.

"네."

"이름, 좋네. 안나."

"엄마, 아니…… 어머니가 지어주셨어요. 어머니가《빨강머리 앤》을 좋아하셔서, 여자애가 태어나면 거기서 따와서 이름을 안이라고 지으려 하셨대요. 그런데 아버지 성이 오구라여서 포기하셨어요."

"어째서?"

"오구라 안이라고 하면, 좀, 그러니까, 화과자 이름 같다고."

여자가 또 웃었다. 그리고 너희 재미있다고 말했다.

"그래서 결국 안나가 되었어요. 그래도 엄마는 저를 안이라고 부르세요. 그리고 오빠도 안이라고 부르고요."

"오빠가 있니?"

"네."

"뭐 하니?"

"대학생이요. 대학에서 우주를 공부해요."

"호오, 우주. 그거 대단하네."

여자가 이상하게 큰 소리로 감탄해서 왠지 오빠를 놀리는 기분이 들었다. 울컥한 표정이 된 것을 나도 알았다.

"아니, 네 오빠를 비웃은 거 아니야. 그냥 대단하다고 생각한 거야. 내 주변에 우주를 공부하는 남자는 한 명도 없으니까. 기분이 상했다면 미안하다."

"아니에요."

여자가 정말 미안한 표정을 지어서 용서하기로 했다.

"그래, 그래. 우주라고 해서 생각났는데, 내가 태어난 해에 인류가 달에 갔어."

여자가 말했다.

"1969년이요."

내가 냉큼 받았다.

"어, 아니?"

"오빠가 자주 말했거든요. 인간이 달에 가기 전에 개를 로켓에 태워서 우주로 보냈대요."

내가 말하자 미즈호가 놀라며 물었다.

"그 개, 로켓을 운전할 줄 알아?"

"아니, 못 하지. 쏘아 올리는 데는 성공했지만 돌아오는 장치는 없었어. 로켓은 처음부터 대기권에서 불타는 거로 돼 있었대. 그러니까 우주로 날아간 개는 로켓 안에서 죽은 거지, 혼자서."

"너무하다!"

미즈호가 화를 냈다. 여자도 "정말 불쌍하네, 그 강아지" 하고 맞장구를 쳤다.

"그래도 왠지."

여자가 한숨을 푹 쉬고 말했다.

"나도 왠지 이렇게 작은 가게에 밤까지 계속 있으니까. 손님이 없는 날에는 우주에 혼자 있는 기분이야."

나는 갑자기 여자가 불쌍해졌다.

"그래도 가게가 있는 것은 대단해요."

나는 말했다.

"뭐, 내 가게도 아닌데. 그런데 그보다, 너희 중학생이지?"

여자가 우리 눈을 들여다보며 말했다.

나와 미즈호는 얼굴을 마주 보고 고개를 푹 숙였다.

"안나는 진짜 이름?"

"네?"

"안나 씨, 이력서에 오빠가 있다는 얘기가 없는데?"

"아."

나는 솔직히 말하고 사과했다. 그래도 이름은 진짜라고 말했다.

"이력서에 거짓말을 쓰면 죄가 된단다."

죄라는 말을 듣자 갑자기 두려워졌다. 이번에는 둘이 같이 "잘못했습니다" 하고 고개를 숙였다.

"알면 됐어. 그런데 중학생이 아르바이트까지 해서 뭘 사고 싶니?"

"옷이나, 뭐 그런 거요."

미즈호가 말했다. 나도 제일 갖고 싶은 건 옷이다. 옷 가게에 가서 마음껏 사도 된다는 말을 듣는다면? 이런 상상만 해도 심장이 뛴다.

"그래, 역시 옷이구나."

여자는 담배에 불을 붙이고 연기를 깊이 빨아들였다. 그러고는 영 내뿜지 않아서 나까지 숨이 막힐 것 같았다.

"뭘 입어도 귀여울 때니까. 나는 요즘 가게에서 어떤 옷을 입어봐도 시시해. 아아, 예전에는 이런 색도 어울렸는데 싶어서 화도 나고. 알겠니? 이런 거 모르겠지. 그래도 언젠가 알게 될 거야, 분명히."

나와 미즈호는 뭐라고 대답해야 좋을지 몰라 "하아"라고만 반응했다.

그때, "안녕하세요!" 하고 활기찬 남자의 목소리가 들려왔다. 물수건을 배달하러 온 사람이었다.

그 남자는 계산대에 있는 나와 미즈호를 힐끔 보고 묘한 표정을 짓고는, 전표에 사인을 받고 웃으면서 돌아갔다.

"자, 나도 일을 해야지."

여자는 담배를 끄고 일어났다. 그리고 말했다.

"이제 이런 곳에 들락거리지 마. 자, 이거."

이력서를 돌려주어서 나와 미즈호는 "실례했습니다" 하고 허둥지둥 일어났다. 여자가 말했다.

"참, 그 이력서, 나한테 주지 않을래? 우울할 때 읽으면서 웃고 싶어."

이력서를 주자 여자는 사탕을 두 개 주었다.

집에 도착하자 식탁에 냄비가 나와 있었다. 오늘 저녁은 샤부샤부라며 아침부터 의욕에 넘쳤던 엄마의 모습을 떠올렸다. 가고시마에 사는 친척이 매년 이 계절이 되면 맛있는 흑돼지고기를 보내준다.

"안, 아빠 곧 오시니까, 문자 보내면서 놀지 말고 얼른 내려와."

부엌에서 엄마 목소리가 들렸다. 응, 대답하고 3층으로 올라갔다. 몰래 빌린 엄마의 까만 스웨터를 벗으려고. 중학생이니까 아르바이트는 애당초 말도 안 된다고 생각했는데 그래도 조금 실망했다.

옷을 갈아입고 아래로 내려오자 아빠가 와 있었다. "벌써 샤부샤부의 계절이구나"라고 중얼거렸다.

"자, 먹을까?"

엄마가 쟁반에 잔뜩 담은 고기를 내왔다.

"오빠는?"

"밥은 됐다고 연락이 왔어. 오늘 메뉴는 샤부샤부라고 아침부터 그렇게 말했는데. 대학 친구랑 밥 먹으러 간대. 우주 이야기만 하면서 잘도 질리지 않는다, 정말."

우리는 셋이서 샤부샤부를 먹었다. 내가 알아서 고기를 익혀 먹고 싶은데 엄마가 자기 마음대로 내 접시에 고기를 놓아서 조금 다퉜지만 맛있는 고기가 앞에 있으니 갑자기 기분이 밝아졌다.

11시가 지나서 돌아온 오빠는 얼굴이 빨갰다.

"가즈키, 너 술 마셨니?"

엄마가 놀랐다.

"가즈키도 이제 대학생이잖아."

목욕을 마친 아빠는 수건으로 머리를 털며 오빠 편을 들었다.

"대학생이라니, 아직 열아홉 살이야."

그렇게 걱정할 일은 아니라고 생각하지만, 그래도 오빠와 술은 잘 연결되지 않는다.

오빠가 안 마셨다고 말했다.

"케이크만 먹었어요."

"케이크?"

엄마가 되물었다.

"응, 케이크인데 이상하게 축축했어."

"축축해?"

축축한 빵 같은 케이크였다고 오빠는 말했다.

"그거 사바랭 아니야?"

내가 말하자,

"아아, 그런 이름이었어."

하고 오빠가 대답했다.

오빠는 양주를 끼얹은 케이크를 먹고 얼굴이 빨개져서 돌아온 것이었다.

"안, 오늘이 무슨 날인지 아니?"

오빠는 내 옆에 앉았다.

"그냥 아무 날도 아닌 평일이지."

"세상에 평일은 없어, 안!"

마치 술 취한 친척 아저씨 같았다.

"그럼 무슨 날이야?"

"무슨 날이라니, 12월 1일은 갈릴레오가 토성의 고리가 사라졌다고 편지에 쓴 날이잖아."

'잖아'라고 핀잔을 줘도 나는 모른다고.

"토성의 고리는 사라지는 게 아니라 몇 년에 한 번, 각도에 따라서 보이지 않게 되는 거잖아? 전에 들었어, 오빠한테."

"정답! 안, 15년. 15년에 한 번이야. 15년에 한 번, 잘 안 보이게 돼."

오빠는 엄마가 건넨 물을 한 모금 마시고 말을 이었다.

"갈릴레오는 1609년부터 망원경으로 달 관측을 시작했는데, 이듬해에 처음으로 토성을 발견한 사람이기도 해. 얼마나 놀랐을까. 형태가 신기한 별이니까. 뭐니 뭐니 해도 토성에는 고리가 있잖아. 알고 있지, 안? 내가 우주에 푹 빠진 계기가 토성의 아름다움이라는 거. 그래도 갈릴레오의 망원경으로는 지금처럼 토성의 고리가 확실하게 보이지 않아서, 갈릴레오는 토성에 귀가 붙어 있다고 말했다고 해. 그렇게 보였나 봐. 그런데 이제부터 재미있는데, 2년 후에 갈릴레오가 다시 토성을 봤더니 귀가 사라졌어."

"마침 고리가 잘 안 보이는 해였던 거네."

"그래, 맞아. 맞아, 안! 갈릴레오는 틀림없이 충격을 받았을 거야. 고리가 보였다가 안 보였다가 하니까. 깜짝 놀라서 그에 대한 감상을 갈릴레오가 편지에 쓴 날이 1612년 오늘, 즉 12월 1일이라는 거야. 기념일이 아닌 밤은 없어, 안."

오빠는 단숨에 말하더니 소파에 축 늘어져 잠들었다. 엄마는 "아이고, 참" 하고 한숨을 쉬며 오빠에게 무릎 담요를 덮어 주었다.

그때, 나는 깨달았다.

오빠, 오늘 데이트를 한 거 아닐까?

그래서 평소에 단것을 거의 먹지 않는 오빠가 케이크를 먹은 거다. 분명히 그럴 거다. 틀림없다. 나는 확신했다.

"케이크 하나로 취하다니, 싸게 먹히는 녀석이네."

아빠가 씁쓸하게 웃으며 말했다.

기말 시험을 마치자 다양한 행사가 있었다. 같은 동아리 아이들과 유원지에 가고, 이사 오기 전에 살던 단지 아이들과 동창회도 하고.

동창회에서 오랜만에 만난 요시자와가 조금 괜찮아 보였다. 이시모리 선배는 여전히 좋아하지만, 요시자와가 갑자기 신경 쓰이는 존재가 되었다. 다 같이 햄버거를 먹는데 요시자와가 청바지에 케첩을 떨어뜨려서 내가 휴지를 주었더니, "고마워"라고 말했다. 그 수줍어하는 말투에 나는 가슴이 두근거렸다.

그래도 당분간 미즈호에게는 밝히지 않을 생각이다. 진짜 사랑으로 발전할지 말지는 나도 모르니까.

겨울방학이 시작되고 미즈호가 우리 집에 자러 왔다.

엄마의 《빨강머리 앤》 열정은 정말 대단했다. 제대로 하지도 못하면서 '과일을 넣은 케이크'를 굽다가 태우고, 너무 달아서 먹지 못하는 '체리 설탕 절임'을 만들고, 나와 미즈호에게 쌍둥이 잠옷까지 사줘서 우리는 깔깔 웃고 말았다. 목과 손목에 레이스가 달린 소공녀를 연상케 하는 잠옷이었다.

오빠와 만난 미즈호는 "생각보다 멋있다"라고, 나중에 둘만 있을 때 말해주었다.

오빠는 미즈호와도 자연스럽게 대화를 나눴다. 오빠의 친구가 집에 왔을 때도 생각했는데, 오빠는 누구와 같이 있어도 절대 변하지 않는다. 나는 모르는 사람과 말하면 착한 아이처럼 구는 면이 있는데, 오빠는 처음 만나는 미즈호 앞에서도 평소대로였다. 친척이 잔뜩 모인 제사 때도 오빠는 전혀 불편해하지 않고 대화에 끼어들고 차를 마시며 유유자적했다.

미즈호를 아무렇지 않게 '미즈호'라고 이름으로 불러도 어색한 느낌이 없었다. 미즈호와 오빠는 금방 의기투합해서 밤에는 셋이서 오빠 방 옥상에 올라가 천체 관측을 했다.

오빠는 소중히 간직한 망원경을 꺼냈다. 갈릴레오가 사용했다는 망원경의 복제품이다. 가늘고 길어서 보기 좀 어려운데, 오빠는 그런 점이 또 좋다고 했다.

"갈릴레오와 같은 달을 본다고 생각하니까 꿈만 같아."

미즈호가 말하자 오빠는 기뻐했다. 안타깝게도 구름이 많아서 관측은 거의 못 했지만.

이렇게 짧은 겨울방학이 끝나고, 3학기가 시작하고 얼마 지나지 않았을 때였다.

그날은 비가 와서 동아리 활동을 쉬어서 학교를 마치고 미즈호와 함께 역 앞 쇼핑몰을 돌아다녔다. 살 생각도 없으면서 옷을 계속 입어보는 미즈호를 나는 감탄과 동시에 조금 질려하는 기분으로 바라보았다.

다코야키 가게가 새로 문을 연다는 전단을 어디서 봤다고 미즈호가 말해서 같이 가보기로 했다. 역에서 조금 떨어진 곳이지만 첫날은 반값이라고 하니까 멀어도 괜찮았다.

춥다고 호들갑을 떨며 둘이서 잔뜩 움츠리고 걸었다. 내쉬는 숨이 새하얬다. 장갑을 깜박한 미즈호에게 내 것을 한 짝 빌려주었다. 교복 아래로 나온 우리의 허벅지는 추워서 연분홍색이었다. 미즈호는 몰래 복대를 하고 있다고 말했다. 비가 슬슬 가늘어지고 하늘이 밝아지기 시작했다.

미즈호의 기억에 의지해 골목을 수없이 꺾어 돌며 다코야키 가게를 찾았다. 정말 이런 곳에 있을까? 점점 불안해지기 시작할 무렵, 갑자기 사람이 잔뜩 모여 있는 집 앞에 도착했다.

장례식 경야* 같았다. 까만 옷을 입은 사람들이 줄을 서서 안으로 들어갔다. 손수건으로 눈을 꾹꾹 누르는 아줌마도 여럿 있었다.

나와 미즈호가 앞을 지나가려고 할 때, 접수처에 선 아저씨가 말을 걸었다.

"안으로 들어오세요."

문상객이라고 착각한 것 같아서 내가 아니라고 말하려고 했는데, 미즈호가 "가보자"라고 귓가에 속삭였다.

"안 돼, 그러면."

내가 말렸다.

"괜찮아, 괜찮아. 잠깐 들어가보자. 이런 거, 의외로 안 들킨다니까."

그러면서 미즈호는 나를 끌어당겼다.

상복 차림인 어른들 뒤를 따라 집 안으로 들어갔다. 우리는 교복을 입어서 위화감이 없었다. 교복을 입은 아이가 두어 명더 있었으니까.

"예전에 우리 할아버지 죽은 얼굴을 본 적이 있어. 밀랍인형

---

* 죽은 사람을 장사 지내기 전에 가까운 친척이나 친구들이 관 옆에서 밤을 새워 지키는 일을 말한다.

같았어."

미즈호가 조용히 속삭였다.

그런데 안쪽 제단에 있는 사진은 노인이 아니라 우리와 비슷한 나이로 보이는 여자애였다. 긴 머리를 왼쪽 귀 뒤로 묶고 미소 짓고 있는, 정말 예쁜 여자아이였다.

나는 어려서 친척 장례식에 가본 적이 있지만 거의 기억이 안 난다. 그래서 뭘 어떻게 해야 하는지 몰랐지만, 어른들처럼 침통한 표정을 하고 열심히 따라 했다. 나중에 화를 내줘야지, 미즈호를 노려보자 분위기를 파악했는지 미안하다는 표정을 지었다.

분향을 마치고 서둘러 자리를 뜨려고 할 때, 까만 기모노를 입은 아줌마가 말을 걸었다. 얼마나 울었는지 눈 주변이 붉게 짓물러져 있었다.

"유이의 친구니?"

아줌마가 말했다.

"아, 아, 네."

미즈호가 곤란한 표정으로 대답했다.

"고맙다, 이렇게 와줘서. 고마워."

아줌마는 몇 번이고, 몇 번이고 고개를 숙이며 손수건으로 눈물을 닦았다.

"유이, 학교를 자주 나가진 않았잖니. 이렇게 친구가 와주다니 정말 기쁘단다. 얼굴, 보지 않으련?"

아줌마가 말했다.

"아니요, 저기."

우리가 당황하자,

"얼마나 예쁜지 모른다. 부탁이니까 봐주렴. 무섭지 않아. 열네 살인 유이를 잊지 말아주렴."

아줌마는 그렇게 말하고 우리를 관 앞으로 데려갔다.

나는 잔뜩 겁을 먹고 관을 들여다보았다.

정말 예뻤다. 같은 나이인데 나보다 조금 어려 보였다. 살아 있는 사람이 즐거운 꿈을 꾸며 조용히 잠든 것 같았다.

나와 미즈호가 돌아가려고 할 때, 그 아줌마는 안에서 누군가와 얘기하는 중이었다. 얘기라기보다는 우는 아줌마의 등을 상대가 쓸어주고 있었다. 여자아이의 엄마가 분명하다.

"그 애의 운명이야."

아줌마의 등을 쓸어주는 사람이 하는 말이 들렸다.

우리는 집을 나와 역으로 돌아갔다. 미즈호에게 화를 낼 기운도 없었고, 미즈호도 아무 말이 없었다. 말없이 역 앞까지 가자, 미즈호가 "안나, 미안해"라고 말했고 나는 "응" 하고 대답했다. 미즈호가 너무 풀이 죽어 있어서 무슨 말이든 해야겠다는 생각에 "예쁜 애였지"라고 말하고 헤어졌다.

비는 그쳤다. 나중에 우산을 깜박하고 두고 온 것을 깨달았지만 둘 다 가지러 가지는 않았다.

3학기도 늘 똑같이 매일 학교에 가고 농구부 활동도 빠지지 않고 했고, 미즈호와도 열심히 놀았다. 좋아하는 선배에게 밸런타인데이 초콜릿을 주겠다는 미즈호의 초콜릿 쇼핑에도 따라갔다.

그런데 나는 지쳐 있었다. 학교에 있어도 몸이 무거웠다. 수업 중에는 졸려서 정신이 없는데 밤이 되면 얕은 잠이 들어 밤중에 몇 번이나 깼다.

매일 밤, 길고 긴 꿈을 꾸었다.

현실 세계처럼 또렷한 꿈이었다. 꿈에는 아는 사람이 나오기도 하고 모르는 사람이 나오기도 했는데, 세부적인 것까지 색이 선명했다. 뒤쫓아 오는 커다란 개의 갈색 털이나 내 손을 끌고 어딘가로 데려가려는 할아버지의 손등 느낌까지 다 보이고 느껴졌다. 잠에서 깬 후에도 그들의 숨결이나 체온까지 몸에 달라붙어서 사라지지 않았다.

장례식에 가는 꿈을 반복해서 꿨다. 관을 들여다보면 텅 비었다.

"유이는 학교에 갔어."

경야에서 만난 아줌마가 웃으며 말했다. 웃는 얼굴, 한 번도 보지 못했는데 꿈속에서 나는 아줌마의 미소를 알고 있었다.

나는 잠들기가 무서웠다. 그래도 유이가 무서운 것은 아니다. 무서운 것은, 내가 언젠가 죽는다는 사실이었다. 그 언젠가라는 시간이 오늘 밤이 아니라는 보증서를 갖지 못했기에 나는 떨었다.

아무도 대신해주지 않는다.

엄마도, 아빠도. 아무도 내 죽음을 대신해주지 않는다. 유이의 엄마도 유이의 죽음을 대신해주지 못했다. 대신할 수 있다면 대신해주었을 것이다.

죽으면 어떻게 될지 몰랐다.

나는 내 마음과 육신이 이 세계에서 완벽하게 사라지는 것을 상상했다. 생각하면 생각할수록 점점 더 마음 저 깊은 곳으로 가라앉아 블랙홀 안으로 서서히 떨어지는 것만 같았다. 이러다가 나중에 돌아오지 못할 것 같아서 도중에 생각을 억지로 그만두었다.

나는 다양한 음식을 먹지 못하게 되었다.

처음에 먹지 못하게 된 것은 생선이었다. 접시에 담긴 물고기가 죽음을 떠올리게 했다. 그다음은 계란과 모든 고기를 먹을 수 없게 되었다. 먹으려고 하면 목이 막혀서 기분이 나빠졌다.

"왜 그러니? 전에는 좋아했잖아."

햄버그스테이크를 먹고 싶지 않다고 하자, 엄마가 당황한 표정으로 물었다.

"전에는 좋아했어도 지금은 싫어. 그러니까 나, 채소만 주면 돼."

매일 이런 문제로 엄마와 다퉜다. 도시락은 채소 샌드위치로 만들어달라고 했다. 채소와 과일과 과자는 문제없이 먹을 수 있었다.

잠이 부족해서 축 늘어진 나를 보고 엄마는 "어디 몸이 안 좋니?"라고 물었지만, 대답할 수 없었다. 다른 사람의 경야에 장난으로 쳐들어갔다고, 절대로 말할 수 없다. 슬퍼하는 사람 앞에서 우리는 거짓말을 했으니까.

그래도 학교와 학원에서는 평소대로 행동했다. 그것이 우리가 할 수 있는 최대한의 방어니까. 낮에 유이가 떠오를 것 같으면 손바닥을 아플 만큼 꽉 움켜쥐어서 정신을 분산시켰다.

집에 있을 때, 나는 기분이 나빴다.

거실에서 텔레비전을 봐도, 개그 프로그램을 보고 웃는 내가 갑자기 싫어졌다. 한창 재미있을 때 벌떡 자리를 뜨는 나를 보는 엄마는 하고 싶은 말이 많아 보였다. 나도 기분이 나쁜 내가 싫지만, 그래도 기분이 나쁘다는 것을 아빠나 엄마가 알아차려주기를 내심 바랐다. 그런데 세세하게 신경을 써주는 것도 또 귀찮았다. 나는 내가 힘에 겨웠다. 이런 걸 '어려운 나이'라는 식으로 간단히 말하는 것도 싫었다.

그게 아니야.

열네 살이기 때문이 아니야. 어른은 모른다. 사춘기여서 이렇게 반항적으로 변한 것이 아님을 나는 알고 있다. 죽음을 두려워하는 감정이 나이와 무슨 관계가 있을까?

그날, 유이는 잠든 듯이 누워 있었다. 왜 다시 살아나지 못할까? 우주 엘리베이터까지 만들려고 하는 인간에게 불가능한 일이 왜 있을까?

유이는 더 살고 싶었을 것이다. 그렇게 생각하자, 유이가 분했을 것 같다는 생각이 들었다. 그리고 죽어버린 순간의 유이를 나로 바꿔 상상하고, 나는 내가 불쌍해서 나를 위해 조금 울었다.

미즈호에게는 말할 수 없었다. 그날 이후 고민이 많아졌다고 고백하면 분명 자기 탓이라고 생각할 테니까. 미즈호 역시 그때 일은 절대 화제로 삼지 않았다.

봄방학이 되자 나는 조금씩 유이를 떠올리지 않게 되었다.

그 사실에 약간 죄책감을 느꼈지만, 농구 연습과 미즈호랑 같이 먹는 도넛의 달콤함, 동창회에서 다시 만났던 요시자와가 종종 보내는 문자 같이 다양한 일들이 내게서 유이를 떨어뜨렸다.

내가 그렇게 금방 죽을 리가 없어. 이런 생각도 들었다.

그래도 여전히 채소밖에 먹지 못했다. 미즈호에게 고기를 먹지 못하는 이유는 꽃가루 때문이고 매년 이렇다고 둘러댔더니 이해해주었다.

종업식 날, 나와 미즈호는 엄마에게 비밀로 하고 전철을 타고 시부야로 놀러 나갔다.

새 학기가 되면 우리는 분명 다른 반이 될 것이다. 1년간 줄여놓은 미즈호와의 거리가 조금씩 멀어진다. 그리고 각자 새로운 친구와 새로운 은하를 만들겠지. 그 좁은 교실에서. 그러리란 것을 이미 대충은 알고 있다. 그러니까 3월 종업식은 나와 미즈호의 졸업식이기도 하다.

우리는 시부야에서 옷을 구경하고 커플 양말을 샀다. 그리고 크레이프를 먹고 잔뜩 수다를 떨고 집으로 돌아왔다.

봄방학이 되자마자 가고시마 친척 집에 나와 오빠 둘이서 가게 되었다. 갑자기 그렇게 되었다.

사촌 오빠 결혼식이 있어서 아빠와 엄마가 참석하기로 했는데, 이틀 전에 아빠가 회사에서 허리를 삐끗해서 입원했다.

이미 항공권도 샀으니까 가즈키와 안나가 참석하면 된다고 숙부님이 말해서 급하게 그러기로 했다.

오빠와 둘이서 멀리 나가기는 처음이었다. 나는 가고시마도 처음이었다. 친척이라지만 아빠는 히로시마에서 태어났고, 일 때문에 가고시마로 간 숙부님과는 어렸을 때 이후로 안 만났다고 한다.

공항까지 엄마가 차로 태워다주었다.

"가즈키, 안나를 잘 부탁한다. 별에만 정신 팔고 다니면 안 돼, 앞을 잘 보고 걸어야 해."

대학생인 아들에게 할 말은 아닌데, 오빠는 별을 보며 걷다가 전봇대와 충돌해서 코가 부러진 적이 있는 사람이다.

비행기에 타기 전에 오빠가 말했다.

"안, 내가 창가에 앉아도 될까?"

나도 창밖을 보고 싶었지만, 그런 감정은 분명 오빠가 백 배는 클 것이다. 물론 "응"이라고 대답했다.

저녁에 하늘을 나는 비행기는 조금씩 밤 세계로 향해 가는 기분이다. 오빠는 작은 창에 이마를 대고 바깥 경치를 보고 있었다. 그리고 때때로 조용히 우주 이야기를 해주었다.

"안. 태양에도 수명이 있어."

"어, 진짜?"

"태양은 죽기 전에 부글부글 부풀어서 최종적으로 화성 궤도에 도착할 만큼 부풀 거라고 해. 뭐, 그전에 지구는 이미 사라졌겠지만."

"지구도?"

"그렇지. 부풀어 오른 태양이 집어삼키니까. 그래도 안. 당분간은 괜찮아. 태양의 수명은 최소한 50억 년이나 남았으니까."

오빠는 나를 보며 웃었다.

나는 오빠에게 대단한 발견 하나를 알려주었다.

미즈호의 집에 있던 《유의어 사전》을 어쩌다 보니 뒤적였는데, 제일 첫 페이지에 천문의 유의어가 있었다.

"그렇게 두꺼운 《유의어 사전》의 첫번째 타자가 '우주'라는 단어였어, 오빠."

내가 말하자 오빠는 "그건 몰랐네" 하고 대답했다. 우주 이야기로 오빠를 깜짝 놀라게 한 것은 이번이 처음이었다.

숙부님 집에서는 이틀간 묵기로 했다. 도착한 날 밤에는 흑돼지 샤부샤부를 만들어주셨는데, 나는 보기만 해도 기분이 나빠져서 먹는 시늉만 하고 고기를 무릎 위에 올려놓은 손수건에 살짝 감췄다. 게다가 냄비에서 나는 고기 냄새에도 기분이 나빠져서 채소도 밥도 제대로 목을 넘어가지 않았다.

친척 집에서 자는 것은 어색했다. 버석버석한 이불도, 딱딱한 베개도, 방 전체에 감도는 공기도, 전부 편하지가 않았다. 평소에는 방을 어둡게 해야 잠이 오는데, 낯선 집의 어둠을 견디지 못하고 알전구를 켰다. 전구의 주황색 불빛 때문에 점점더 눈이 또렷해졌다.

옆방에 오빠가 있는 걸 알면서도 넓은 손님방에서 혼자 자려니 불안했다. 그리고 창에 드리운 정원수의 그림자가 흔들릴 때마다 몸이 떨렸다.

한동안 꾸지 않은 무서운 꿈을 꿀 것 같아서 겁이 났다. 눈을 꽉 감아도 도무지 잠의 손길이 찾아올 생각을 하지 않았다. 휴대전화 시계를 보니 새벽 2시를 지나고 있었다.

오빠가 화장실을 가려고 일어난 것 같았다. 곧 돌아오는 기척이 나더니 장지문 너머에서 "안" 하고 나를 부르는 소리가 들렸다.

"왜?"

나는 대답했다.

"깨어 있었니? 잠깐 열게."

오빠가 장지문을 열었다. 익숙한 스웨터를 입은 오빠를 보니까 안심이 됐다.

"안, 이거."

오빠가 바나나를 건넸다.

"웬 거야?"

나는 요에 누운 채로 바나나를 받았다.

"부엌에서 슬쩍했어."

오빠가 웃었다. 자기 것도 들고 있었다.

"먹자."

내 대답도 듣지 않고 오빠는 요에서 조금 떨어져 앉아 벽에 기대고 바나나 껍질을 벗기기 시작했다.

나도 일어나 앉아서 같이 껍질을 벗겼다. 사실은 배가 고팠으니까 맛있게 후다닥 먹어치웠다. 그리고 조금 감동했다. 우주 말고는 둔감한 오빠가 알아주었다. 저녁에 내가 거의 먹지 못한 것을.

"맛있다."

나는 말을 마치고 다시 요에 누웠다.

봄바람에 여전히 정원수가 흔들리고 있었지만 오빠가 곁에 있으니까 이제 무섭지 않았다.

"있잖아, 오빠."

"응?"

"태양이 죽어서 지구도 사라지면, 지구에 인간이 있었다는 증거도 사라질까? 나를 우주 어딘가에서 누가 기억해줄까?"

내 귀에 들리는 내 목소리가 너무 슬펐다.

"글쎄, 어떨까."

다 먹은 바나나 껍질을 바라보며 오빠가 중얼거렸다. 그 모습을 마지막으로 나는 어느새 잠이 들었다. 그리고 무서운 꿈을 꾸지 않고 아침이 와서 정신없이 결혼식에 갔다.

결혼식이 끝나고, 오빠는 "들르고 싶은 곳이 있어서요"라며 숙부님 집에서 열리는 잔치에 참석하지 않겠다고 했다.

"안, 나갔다 오자."

어디에 가는지 물어도 오빠는 슬며시 웃으면서 "비밀"이라고만 했다.

나는 오빠에게 이끌려 가고시마 중앙역에서 전철을 탔다.

전철을 몇 분쯤이나 탔을까. 나는 잠이 들었다. 오빠 어깨에서 도쿄의 우리 집 냄새가 났다. 앞으로 35년간 대출이 남은 우리 집.

"안, 내리자."

오빠가 깨워서 내린 역에서 본 하늘은 조용히 저물고 있었다.

오빠는 청바지에 얇은 까만 코트를 입고 있었다. 차분한 코트가 오빠의 약간 슬픈 눈매와 잘 어울렸다.

엄마가 이런 얘기를 했다. "최근에 오빠, 직접 옷을 사 오더라"라고.

엄마는 아무것도 모른다. 자기가 사는 게 아니라 여자 친구가 골라주는 거다. 분명히.

우리는 택시를 탔고, 오빠가 기사님에게 목적지를 말했다.

택시는 산으로, 산으로 들어갔다. 반대편에서 오는 차도 없는 조용한 길이었다.

10분쯤 지나 전망이 좋은 고지대에 도착했다. 주위에 아무도 없었다. 저 멀리 산기슭 마을의 야경이 반짝반짝 빛났다. 택시가 돌아가자 오빠와 나만 외로이 남겨진 것 같았다.

"안, 저기야."

오빠는 화단 너머의 건물로 걸어갔다. 다가가 보니 건물에는 '우주관'이라고 적혀 있었다.

"여긴 어디야? 플라네타륨? 밤인데 열었어?"

"천문대야. 자, 들어가자."

안으로 들어가자 접수처 사람이 "어서 오세요"라며 맞아주었다. 진짜다, 곧 7시인데 아직 운영 중이었다.

"학생 둘이요."

오빠가 돈을 내는 모습은 어려서 했던 '역할놀이'를 떠올리게 했다. 은행놀이 하며 쓰던 장난감 동전이 생각났다.

"천체 관측은 엘리베이터를 타고 2층으로 올라가세요."

접수처 아저씨의 말을 듣고 우리는 안쪽 엘리베이터에 탔다.

"오빠, 대단하다. 이런 곳을 다 알고."

"일단 전국의 천문대는 모두 알고 있어. 안, 오늘 밤은 재미있는 걸 볼 수 있을 거야, 분명히."

2층으로 올라가자 테라스가 있었고, 크고 하얀 망원경이 설치돼 있었다. 직원 아저씨가 하는 설명을 관람객으로 보이는 안경 낀 아저씨가 "오호라" 하고 감탄하며 듣고 있었다. 다른 사람은 없었다.

"안녕하세요."

오빠가 두 사람에게 고개를 숙여 인사했다. 나도 아무 말 없이 오빠 등 너머로 인사했다.

"지금 달을 볼 수 있어요."

직원 아저씨가 나를 보며 말했다.

"안, 볼래?"

오빠의 말에 커다란 망원경을 들여다보았더니 시야에 월면이 들어왔다.

"오빠, 이거 진짜 잘 보여! 달 분화구가 저렇구나."

"내 망원경으로는 작은 분화구까지는 보이지 않으니까."

오빠가 웃으며 말했다. 나 다음으로 망원경을 들여다보며,

"오늘 밤은 구름도 없어서 정말 잘 보이네요"

라고 직원에게 말했다. 겸손한 목소리였다.

"그럼 다음은 토성을 볼까요."

직원 아저씨가 조금 떨어진 곳에 있는 망원경을 조작하고
는 "자, 이제 됐어요. 와서 보세요"라고 했다.

관람객인 아저씨가 내게 "먼저 보려무나"라고 말했다. 친절
한 사람이었다.

"안, 얼른."

오빠가 내 어깨를 가볍게 두드렸다. 나는 두 걸음쯤 앞으로
걸어가 오른쪽 눈으로 망원경을 가만히 들여다보았다.

"와!"

나도 모르게 감탄사가 나왔다.

토성에 걸려 있는 고리가 하나의 막대기처럼 보였다.

"저게 토성? 토성 고리가, 고리가 없어!"

내가 외치자 다들 웃었다.

어두컴컴한 하늘에 흐릿한 기운 없이 또렷하게 보이는 노
란 토성. 그런데 거기에는 교과서에 실린 고리 달린 토성이
아니라 마치 꼬치에 뀐 경단처럼 재미있는 토성이 있었다.

"진짜 대단하다. 귀여워!"

내가 외치자 또 다들 웃었다.

"토성의 고리는 15년마다 이렇게 관측하기 어려워집니다."

직원 아저씨는 오빠가 내게 말할 때처럼 힘이 넘치는 말투로 설명해주었다. 이 아저씨도 별을, 우주를 좋아한다고 생각하니 기뻤다. 그래서 토성 고리에 대해서는 오빠에게 이미 들었지만 굳이 말하지 않았다.

망원경을 들여다보며 오빠가 말했다.

"제 망원경으로는 토성을 이렇게까지 잘 볼 수 없으니까, 동생에게 한 번쯤 보여주고 싶었어요."

오빠가 동생에게 보여주고 싶었다고 말했을 때, 이유는 모르겠는데 나는 애달픈 기분에 사로잡혔다.

안경 긴 관람객 아저씨는 팔짱을 끼고 느긋하게 서 있었는데 얼른 보고 싶어 안달이 난 표정이었다. 그리고 오빠 다음으로 망원경을 보더니 또 "오호라" 하고 외쳤다.

나는 이 토성에 대해서 누군가에게 말해주고 싶었다.

토성은 15년에 한 번, 이렇게 꼬치에 꿴 경단처럼 된다고 이 자리에 없는 사람에게 가르쳐주고 싶었다. 아빠와 엄마한테도 보여주고 싶었다.

미즈호가 여기 있으면 얼마나 기뻐할까?

우리 집에 자러 왔던 밤, 오빠가 미즈호에게 토성의 고리가

15년에 한 번 안 보이게 된다고 알려주었더니 재미있어했으니까.

나는 유이에게도, 관에 누워 잠든 그 아이에게도 보여주고 싶었다. 알려주고 싶었다. 오늘 밤하늘에는 이렇게 재미있는 것이 보인다고. 15년마다 토성은 반드시 이렇게 된다고. 또 15년 후에는 토성 고리가 지금처럼 하나의 막대기 모양이 되는데 우리 인간은 이것도 알고 있다고 가르쳐주고 싶었다. 그런 이야기를 유이와 하고 싶었다.

그리고 문득 생각했다. 유이의 죽음은 운명이 아니라고. 열네 살에 죽는 운명이라니, 믿고 싶지 않다. 미리 그렇게 정해져 있다고 생각하면 슬프다. 그건 운명이 아니고, 유이나 다른 누군가의 탓도 아니라고 생각했다. 나는 유이와 만난 적이 없지만, 14년간 우리는 같은 행성에 있었다고 말해주고 싶었다.

"오빠, 이 토성, 휴대전화로 찍을 수 있을까?"

"휴대전화로? 모르겠다, 한번 해볼까?"

나는 망원경에 휴대전화 카메라를 대고 버튼을 눌렀다. 토성은 내 휴대전화에 조금 흐릿하게 저장되었다. 그걸 본 오빠도 나를 따라 휴대전화로 사진을 찍었다.

휴대전화의 저장 버튼을 누르며, 나는 지금 내가 여기에 있다는 사실을 절실하게 느꼈다.

우리는 그 후로 시리우스를 보고 베텔게우스를 보고, 성단을 보고, 쌍둥이별을 보았다. 9시가 되자 천문대가 문을 닫아서 인사를 하고 밖으로 나왔다. 안경 낀 아저씨는 스쿠터를 타고 어두운 도로를 달려갔다.

봄의 나무들과 풀꽃들이 은은한 향기를 공기중에 내뿜었다. 산바람이 조금 쌀쌀했는데 나는 하나도 춥지 않았다.

망원경이 없어도 별이 잘 보였다.

봉지에서 흘러넘친 별사탕처럼 별은 밤하늘에 데굴데굴 굴러다녔다. 새하얀 별, 빨갛게 보이는 별. 빨간 별은 이제 곧 죽는 별이라고 오빠에게 들은 적이 있다. 나는 오늘 밤 그 어떤 별도 이 세상에서 떠나지 않기를 기도했다.

나는 말했다.

"오빠, 여기가 꼭 우주 같아. 우주는 하늘 저어어기 위에 있다고 생각했는데, 내가 서 있는 여기도 우주가 아닐까? 이런 생각은 이상한가? 있잖아, 도대체 어디서부터 우주야?"

"안, 우주의 경계는 물론 정의돼 있지만, 이 지면 위 역시 분명히 우주야."

오빠가 말했다.

우리는 휴대전화로 부른 택시가 올 때까지 하늘을 보고 서 있었다.

조용했다. 천문대 직원들도 지금쯤 돌아갈 채비를 하고 있겠지. 아니면 관람객이 없으니까 다 같이 느긋하게 별을 관측하고 있을까?

"있잖아, 오빠. 나 아까 토성에 대해서 다른 사람한테 꼭 가르쳐주고 싶었어."

"응."

"미즈호한테 보여주고 싶었어."

"응, 이해해. 진심으로."

오빠가 말했다.

"안. 나는 역시 우주의 신비를 풀고 싶은 갈망이 아주 큰데, 사실 우주의 신비라고 한 묶음으로 말해도 분야가 아주 많아. 과학자에 따라서 연구 주제도 각각 다르고. 태양계가 어떻게 이루어졌는지 연구하는 과학자도 있고, 화성 지하에 물이 있는지 연구하는 사람도 있어. 우주에 떠다니는 먼지를 조사하는 사람도 있고, 아까 본 토성의 고리를 연구하는 사람들도 있어. 그 고리가 어떻게 만들어졌는지 아직 해명되지 않았거든. 나는 지구가 있는 우리은하를 연구하고 싶어졌어. 그건 당연히 우주가 어떻게 생성되었는지, 과학자들이 제일 알고 싶어 하는 문제와 이어지는 거야."

단숨에 말한 오빠는 심호흡을 하며 이번에는 나를 보고 이렇게 말했다.

"그런데 안. 이렇게 밤하늘을 보고 있으면 이런 생각이 들어. 나는 우주의 신비를 해명하고 싶다는 갈망보다 사실은 오늘 본 아름다운 별을 다른 사람에게 말해주고 싶은 갈망이 큰 것 같다고. 상대는 불특정 다수가 아니라 좀 더 가까이 있는 사람인 것 같아. 안처럼. 그러니까 안이 미즈호에게 토성을 보여주고 싶어 하는 마음을 나는 아주 잘 이해해."

차분하지만 망설임 없는 목소리였다.

"토성은 15년씩 꼬치에 꿴 경단이 되고, 이 하늘에는 오늘 밤 죽는 별도 있고 지금 태어나는 별도 있어. 우리와 관계없는 일일지도 모르지만, 그래도 안. 누군가와 오늘 밤에 본 별하늘 이야기를 하면서 살아도 괜찮을 것 같지 않니?"

그렇다.

정말 그렇다.

나는 작게 "응" 하고 대답했다. 그리고 오빠가 내 오빠라 다행이라고 진심으로 생각했다. 다른 어떤 오빠보다 이 우주 덕후인 오빠가 제일 좋다.

오빠의 이야기를 들었더니 나는 갑자기 배가 고파져서 꼬르륵꼬르륵 배가 요동을 쳤다. 엄마가 만든 햄버그스테이크가 미친 듯이 먹고 싶었다.

"있잖아, 오빠."

"응?"

"아까 휴대전화로 찍은 토성, 여자 친구한테 문자로 보내주면 어때?"

나는 말했다.

오빠는 크게 당황해서 "어떻게?" 하고 물었다.

"그 머리가 긴 여자지?"

"어?"

"오빠의 여자 친구. 전에 수성을 보러 온 두 사람 중 한 명. 나, 그 사람이 오빠 여자 친구라고 생각하는데, 아니야?"

나는 오빠를 올려다보았다.

"으응, 아니라고 할 순 없는데."

오빠가 자백했다.

"어떻게 알았어?"

나는 감이라고 대답했다.

반쯤은 사실이었다.

그래도 남은 반은 추론했다. 그날, 머리가 긴 여자 쪽이 내게 더 많이 웃어주었다. 오빠의 여동생인 내 마음에 들고 싶으니까 그랬을 것이다. 그 사람은 오빠를 아주 많이 좋아했다.

오빠의 바지 주머니에서 고개를 내민 휴대전화에는 새 줄이 달려 있었다. 우주복을 입은 작은 인형도 분명 여자 친구가 준 선물일 것이다.

오빠는 오른손 엄지로 턱을 쓸며 말했다.

"안, 가끔 생각하는데…… 우주의 신비보다 여자의 감이 나한테는 신비롭게 느껴져."

오빠는 일부러 진지한 목소리를 꾸며 말했다. 그러고는 민망한지 위를 보았다. 밤하늘을 우러르는 오빠의 옆모습은 늘 그렇듯이 신중해 보였다.

곧 멀리서 택시 불빛이 보였다. 우리는 양손을 들어 신호를 보냈다.

밤하늘에서 별이 빛났다. 내 손바닥에 닿는 공기는 아득히 먼 곳까지 이어지는 우주 그 자체였다. 나는 그 자리에서 폴짝폴짝 뛰었다. 여기에요, 여기에 있으니까, 발견해주세요.

★★ 마스다 미리가 참고한 책들 ★★

《지구가 100센티미터의 공이라면》, 나가이 도모야, 김영주, 바다출판사

《콘택트》, 칼 세이건, 이상원, 사이언스북스

《Newton 무크, 우주의 신비로운 시작 그리고 지구와 생명(宇宙の不思議なはじまりそして地球と生命)》, 뉴턴프레스

《Newton 별책, 쉽게 이해하는 우리은하계(よくわかる天の川銀河系)》, 뉴턴프레스

《갈릴레오의 생애(ガリレオの生涯)》, 시테크리, 마츠노 다케시, 도쿄도서

《갈릴레오의 생애 2(ガリレオの生涯 2)》, S.드레이크, 다나카 이치로, 교리츠출판

《밤을 새워 읽는 우주 이야기(眠れなくなる宇宙のはなし)》, 사토 가츠히코, 다카라지마사

《별의 기본(星のきほん)》, 고마이 니나코, 세분도신코사

《성계의 보고 외 1편(星界の報告 他一編)》, 갈릴레오 갈릴레이, 야마다 게이지, 다니 야스이, 이와나미문고

《세계 대사상전집(世界大思想全集)》, 가와데쇼보신사

《세계 화산백과도감(世界の火山百科図鑑)》, 마우로 로시 외, 일본 화산의 모임

《완전 가이드 개기일식(完全ガイド 皆既日食)》, 다케베 슌이치, 아사히신문출판

《우주 수업(宇宙授業)》, 나카가와 히토시, 생추어리출판

《진귀한 문제 어려운 문제 우주 100가지 수수께끼(珍問難問 宇宙100の謎)》, 후쿠이 야스오, 도쿄신문출판국

《태양계 비주얼북(太陽系ビジュアルブック)》, 와타베 준이치 감수, 아스트로아트